KÖNIGS ERLÄUTERUNGEN

Band 464

Erläuterungen zu

Hermann Hesse

DEMIAN

Maria-Felicitas Herforth

Alle erforderlichen Infos für Abitur, Matura, Klausur und Referat
plus Musteraufgaben mit Lösungsansätzen

Bange Verlag

Zitierte Ausgabe:
Hesse, Hermann: *Demian. Die Geschichte von Emil Sinclairs Jugend.* Frankfurt am Main: Suhrkamp, 2007.

Über die Autorin dieser Erläuterung:
Maria-Felicitas Herforth, geboren 1980, Studium der Anglistik und Germanistik an der Ruhr-Universität Bochum (1999–2005), Studienaufenthalt in Großbritannien (2001–2002), 2005–2006 Doktorandin und wissenschaftliche Hilfskraft im Englischen Seminar der Ruhr-Universität Bochum, 2007–2009 Referendarin in den Fächern Englisch und Deutsch, seit 2009 Studienrätin an einem Gymnasium in Bochum, Autorin von Königs Erläuterungen.

Hinweis:
Die Rechtschreibung wurde der amtlichen Neuregelung angepasst. Zitate von Hermann Hesse müssen auf Grund eines Einspruches in der alten Rechtschreibung übernommen werden.

1. Auflage 2011
ISBN 978-3-8044-1912-4

Druck und Weiterverarbeitung: Tiskárna Akcent, Vimperk

1. DAS WICHTIGSTE AUF EINEN BLICK – SCHNELLÜBERSICHT

Damit sich jeder Leser in unserem Band rasch zurechtfindet und das für ihn Interessante gleich entdeckt, hier eine Übersicht.

Im 2. Kapitel beschreiben wir **Hesses Leben** und stellen den **zeitgeschichtlichen Hintergrund** dar:

⇨ S. 10 ff.
→ Hermann Hesse lebte von **1877 bis 1962**, u. a. in Calw und Montagnola/Tessin.

⇨ S. 22 ff.
→ In *Demian* greift Hesse sein **Leitthema der Individualitätsproblematik** und Bedrohung des Einzelnen vor dem Hintergrund der Erfahrung des Ersten Weltkrieges auf.

Im 3. Kapitel bieten wir eine Textanalyse und -interpretation.

Demian – Entstehung und Quellen:

⇨ S. 25 ff.
Entstehungszeitraum sind die zwei Monate September und Oktober **1917**; Ort der Niederschrift ist die Schweiz, wohin Hesse bereits 1912 aus politischem Unbehagen gegenüber dem wilhelminischen Deutschland emigrierte. Der Roman **erscheint 1919**, ein Jahr nach Ende des Ersten Weltkrieges unter dem **Pseudonym Emil Sinclair** als vorgegebene Autobiografie. Beeinflusst wurde Hesse u. a. stark von der **Psychoanalyse** durch Freud, Lang und Jung.

Inhalt:

⇨ S. 30 ff.
Der Roman umfasst **acht Kapitel**.
Der zehnjährige **Lateinschüler Emil Sinclair** erkennt früh, dass es neben der ‚hellen' Welt des Elternhauses noch eine ‚dunkle' Welt

gibt: Statt Liebe, Sicherheit, Pflicht und Ordnung herrschen dort Geheimnis, Gefahr, Gewalt und Trieb. Die Grenze zu dieser ‚dunklen' Welt ist nahe, und es gibt rätselhafte Übergänge. Während seiner Schulzeit gerät er in Situationen, in denen diese zwei Seiten aufeinanderprallen, sodass er sich mit scheinbar unlösbaren Konflikten konfrontiert sieht. Erst **der neue Mitschüler Max Demian** hilft ihm in ausweglosen Lagen. Demian unterscheidet sich von den anderen Schülern; er wirkt erwachsen und allen überlegen, ein Einzelgänger, „eigen und persönlich gestempelt" (S. 28). Er scheint von einer übermenschlichen Aura umgeben und allwissend zu sein. Auch während der pubertären Zeit von Sinclairs erwachender Sexualität, die im Elternhaus als Sünde gilt und daher verheimlicht werden muss, leitet Demian Sinclairs selbstständiges und kritisches Hinterfragen der religiösen Dogmen und des im Unterricht vermittelten Menschenbildes an. Dies hilft Sinclair, den seit seiner Kindheit empfundenen Dualismus in der Welt zu einem natürlichen Ganzen zu vereinigen. Während seiner Zeit in der Knabenpension in St. ist er von Demian getrennt, fühlt jedoch deutlich, dass seine **Entwicklung an einem Scheideweg** steht und es sich zeigen wird, ob er ein normaler Bürger wird oder ob ihn seine Natur in eine andere Richtung drängen wird. Zu dieser Zeit findet er seine Traumgeliebte, Frau Eva. Neben Demian tritt nun auch der Sonderling Pistorius in Sinclairs Leben, der ihm **auf dem Weg zum Selbst** als weiterer Helfer zur Seite steht. Der mittlerweile 18-jährige Sinclair spürt dank der Gespräche mit Pistorius wachsendes Vertrauen in sich und in seine Fähigkeiten, die ihn von der konformen Masse unterscheiden. Als Sinclair eines Tages in den Ferien nach Demian sucht, sind der Freund und seine Mutter inzwischen fortgezogen. Doch die Besitzerin des Hauses zeigt Sinclair eine Fotografie von Demians Mutter und er erkennt in ihr seine Traumgeliebte. Nach langem Sehnen gelingt es Sinclair schließlich, all seinen Willen auf seine Liebe zu Frau Eva zu konzentrieren, um sie endlich zu sich zu rufen. Es erscheint Demian, der ihm vom **Ausbruch des Krieges** berichtet; er hat sich bereits freiwillig gemeldet. Auch Sinclair beschließt, das Schicksal anzunehmen, und verspürt Abenteuerlust. Die Wege der Freunde müssen sich nun trennen, beide werden in das große Rad des Krieges hineingezogen, geistig wissen sie sich jedoch weiterhin verbunden.

Chronologie und Schauplätze:

➪ S. 53 ff.

In dem vorangestellten **Vorwort** führt der fiktive Ich-Erzähler das den Roman konstituierende Programm der **Individuation** ein, durch das dem Individuum als ganzer Mensch – im Gegensatz zur Tendenz in der Gesellschaft – wieder mehr Wert zugesprochen wird. Dementsprechend basiert der Aufbau des Romans auf der Integration **zweier paralleler Handlungsstränge**, von denen der vordergründige Strang den Gang des Protagonisten durch die Bildungsinstitutionen darstellt, der parallele Strang jedoch die bedeutendere innere Entwicklung, beeinflusst durch Sinclairs Erfahrungen auf der äußeren Handlungsebene. Demian ist ihm hier Ziel seiner Individuation, denn in ihm erkennt er zuletzt sich selbst als Ganzes. Insgesamt folgt Demian dem Muster des **Entwicklungsromans**. Bedeutende **Leitmotive** gehen von der Erfahrung des Gegensatzes verschiedener Ordnungsvorstellungen in der Welt aus (**Antithese, Polarität**). Symbolische Verweise auf dialektische Zusammenhänge, Elemente der **Psychoanalyse** (Tier- und Traumsymbole), Bibelsymbolik sowie das Bild der Urmutter strukturieren den Roman und geben auf metaphorischer Ebene Hinweise auf die Deutung des Dargestellten.

Personen:

Emil Sinclair und **Max Demian** sind die einander zugeordneten **Parallel- und Kontrastfiguren** der Erzählung. Demian übernimmt eine **Begleiterrolle** für Sinclair, indem er bei diesem auf dessen **Individuationsweg** Reflexionsprozesse initiiert und aufarbeitet und ihm mit verständigem Rat zur Seite steht. Weitere wichtige Figuren, die Sinclairs inneren Weg zu sich selbst beeinflussen, sind der Organist und ebenfalls individuelle Einzelgänger **Pistorius** sowie Sinclairs Traumgeliebte **Frau Eva**, die zugleich Demians Mutter ist. ➪ S. 62 ff.

Stil und Sprache Hesses:

Stil und Sprache werden von dem Programm der Individuation bestimmt und sind somit insgesamt von einem **reflektorischen**, das Innere und Unbewusste aufspürenden **Stil** geprägt und gehen mit der Ich-Erzählperspektive einher. Den Roman kennzeichnet das von Hesse für sein Programm entwickelte **psychologische Erzählen** mit seiner stark **emotionalisierten** und z. T. symbolischen **Sprache**. ➪ S. 83 ff.

Interpretationsansätze:

Für eine thematische Interpretation von *Demian* bietet sich die Deutung der Erzählung unter dem Gesichtspunkt der Figurenkonstellation an, wobei man Demian und Frau Eva als **Projektionen** von Sinclairs Psyche lesen kann. Zudem lässt sich Sinclairs Entwicklung als **ideologisches Modell** für Hesses Weltsicht interpretieren, ebenso wie das Motiv der **Gralssuche** und die **Aktualität** und psychologische Bedeutung des *Demian* herausgearbeitet werden können. ➪ S. 85 ff.

Hermann Hesse
1877–1962
© ullstein bild

2. HERMANN HESSE: LEBEN UND WERK

2.1 Biografie[1]

JAHR	ORT	EREIGNIS	ALTER
1877	Calw (Württemberg)	Geburt am 2. Juli, zweites Kind des Missionars Johannes Hesse und seiner Frau Marie, der ältesten Tochter des Indologen und Missionars Hermann Gundert. Staatsangehörigkeit russisch.	
1881–1886	Basel	Johannes Hesse unterrichtet bei der „Basler Mission" und erwirbt 1883 die Schweizer Staatsangehörigkeit. Hermann Hesse ist ein willensstarkes, vielseitig interessiertes Kind – voll Fantasie, Energie und Temperament, seine Erziehung pietistisch-streng. Aufgrund seines Eigensinns schicken ihn die Eltern 1881 in das Knabenhaus des Pfarrers Pfisterer.	4–9
1886–1891	Calw und Göppingen	Besuch des Reallyzeums und der Lateinschule.	9–14
1891–1892	Maulbronn	Am 15. September Eintritt in das berühmte evangelisch-theologische Klosterseminar unter Annahme der württembergischen Staatsbürgerschaft. Nach sieben Monaten Flucht am 7. März, um seine früh erkannte Neigung zur Dichtung gegen eine Theologenlaufbahn zu verteidigen.	14–15

1 Vgl. Michels (Hrsg.), *Leben in Bildern und Texten*, S. 354–357; Michels (Hrsg.), *Materialien Bd. 1*, S. 49–55; Pfeifer, *Hesse-Kommentar*, S. 43–70; Werner, *Chronik*, S. 116–121.

1892	Bad Boll, Stetten, Cannstatt	Am 20. Juni Selbstmordversuch während einer Kur im religiösen Heil-Erweckungszentrum Bad Boll, am 22. Juni Überweisung in die Nervenheilanstalt Stetten, am 7. November Aufnahme in das Gymnasium von Cannstatt.	15
1894–1895	Calw	Praktikant in der Turmuhrenfabrik Perrot. Beginn des intensiven Literaturstudiums in der häuslichen Bibliothek. Überwindung der psychischen Krise.	17–18
1895–1898	Tübingen	Buchhändlerlehre in der Buchhandlung Heckenhauer mit anschließender Übernahme als Buchhandlungsgehilfe. Erste Buchpublikation 1898: *Romantische Lieder.*	18–21
1899–1903	Basel	Beschäftigung in einer Buchhandlung, ab 1901 in einem Antiquariat, erste Veröffentlichungen als Literaturkritiker. Zwei Italienreisen (1901 und 1903).	22–26
1904	Gaienhofen am Bodensee	*Peter Camenzind* (Roman) erscheint, Eheschließung mit Maria Bernoulli (zwei Söhne), freier Schriftsteller, Mitarbeit an zahlreichen Zeitungen und Zeitschriften.	27
1905		*Unterm Rad* (Erzählung, mit der Jahresangabe 1906 erschienen).	28
1907		*Diesseits* (Erzählungen).	30
1907–1911		Mitherausgeber der politischen liberalen Zeitschrift *März*, 1909 Geburt seines Sohnes Heiner, 1911 seines Sohnes Martin. 1910 *Gertrud* (Roman), 1911 Indienreise.	30–34
1912		Übersiedelung nach Bern, Schweiz.	35

1914–1919	Born	*Roßhalde* (Roman), Anfeindungen durch deutsche Nationalisten nach Erscheinen von Hesses für Völkerverständigung werbenden Aufsatz *O Freunde, nicht diese Töne!* in der *Neuen Zürcher Zeitung*, Tätigkeit für die Schweizer Kriegsgefangenenfürsorge, Herausgeber der *Deutschen Interniertenzeitung* und Gründer des Verlages der Bücherzentrale für deutsche Kriegsgefangene.	37–42
1915		*Knulp. Drei Geschichten aus dem Leben Knulps* (Erzählung), *Am Weg* (Erzählungen).	38
1916	Luzern	Der Tod des Vaters, die beginnende Schizophrenie seiner Frau und eine Erkrankung des jüngsten Sohnes führen zu einem Nervenzusammenbruch Hesses. Erste psychotherapeutische Behandlung bei dem C. G. Jung-Schüler Josef Bernhard Lang.	39
1917		Erste pseudonyme Zeitungs- und Zeitschriftenpublikationen unter dem Pseudonym Emil Sinclair. Am 7. September erstes Treffen mit C. G. Jung. Am 12. September Traumbegegnung mit seinem künftigen Protagonisten „Demian". Hesse beginnt mit der Arbeit am *Demian*. Im Oktober Reinschrift des *Demian*-Manuskriptes und Einsendung an den S. Fischer Verlag Berlin.	40

1919	Montagnola/ Tessin	Trennung von der Familie, Umzug ins Tessin. ***Demian. Die Geschichte einer Jugend von Emil Sinclair*** erscheint (unter Pseudonym). Der vermeintliche junge Schweizer Autor Emil Sinclair erhält im Oktober den Fontane-Preis für talentierte Nachwuchsautoren.	42
1920		Otto Flake deckt in seiner Zeitschrift *Die fünf Hefte* das *Demian*-Pseudonym auf. Hesse bekennt sich in der Zeitschrift *Vivos voco* als Verfasser und gibt den Fontane-Preis zurück.	43
1921		Psychoanalyse bei C. G. Jung in Küsnacht/Schweiz.	44
1922		*Siddhartha. Eine indische Dichtung.*	45
1923		*Sinclairs Notizbuch* erscheint, eine Sammlung von zuvor pseudonym erschienenen Aufsätzen und Prosatexten.	46
	Baden bei Zürich	Scheidung von Maria Bernoulli.	
1924	Basel	Hesse wird wieder Schweizer Staatsbürger. Heirat mit der Schauspielerin Ruth Wenger.	47
1925		Im S. Fischer Verlag erscheinen die *Gesammelten Werke in Einzelausgaben.*	48
1926		Aufnahme als auswärtiges Mitglied in die Sektion für Dichtkunst der Preußischen Akademie der Künste, erneute psychoanalytische Sitzungen bei J. B. Lang.	49
1927	Zürich	*Die Nürnberger Reise* (Prosa), *Der Steppenwolf* (Roman), Scheidung der zweiten Ehe.	50

1930		*Narziß und Goldmund* (Erzählung).	53
1931	Montagnola/ Tessin	Eheschließung mit Ninon Dolbin, geb. Ausländer, mit der Hesse seit 1910 in Korrespondenz stand. Hans C. Bodmer stellt Hesse ein Haus zur Verfügung („Casa Hesse").	54
1932		*Die Morgenlandfahrt* (Erzählung).	55
1935–1936		Hesse rezensiert für die schwedische Literaturzeitschrift *Bonniers Litterära Magasin* Werke emigrierter und jüdischer Autoren; Anfeindungen durch die NS-Presse.	58–59
1936	Zürich	Gottfried-Keller-Preis.	59
1939–1945		Hesses Werke gelten im Nazi-Deutschland als unerwünscht.	
1943	Zürich	*Das Glasperlenspiel* (Roman).	66
1946		*Krieg und Frieden* (politische Essays seit 1914), Goethe-Preis der Stadt Frankfurt am Main, Nobelpreis für Literatur.	69
1951		*Späte Prosa.*	74
1955		*Beschwörungen, Späte Prosa/Neue Folge.*	78
	Frankfurt am Main	Friedenspreis des Deutschen Buchhandels.	
1962	Montagnola/ Tessin	Tod Hesses am 9. August.	85

2.2 Zeitgeschichtlicher Hintergrund

ZUSAMMEN-FASSUNG

Während in den „unteren", „einfachen" Bevölkerungsschichten oftmals ein zwanglos-offener Umgang mit der Sexualität gelebt wurde, herrschten in den Haushalten des Bürgertums der wilhelminischen Gesellschaft die Normen des guten Geschmacks und **Werte wie Vernunft, Ordnung, Fortschritt, Pflicht, Religion und Disziplin.** Der Vater war der alleinherrschende Patriarch, dem alle Familienmitglieder zu gehorchen hatten. Die Betonung der Vernunft ging einher mit einer **Abwertung der Emotionalität:** Alles Leidenschaftliche oder Irrationale sollte vermieden werden. Die Kinder wurden von allen negativen Aspekten des Lebens sorgsam fern gehalten, weite Bereiche des Lebens wurden tabuisiert (**Sexualität, Gewalt** usw.).
In Hesses Roman empfindet Emil Sinclair als Folge dieser Tabuisierung schon früh die Existenz einer verborgenen zweiten Welt. Nicht nur aufgrund der prüden Sexualmoral empfand die junge, intellektuelle Generation die Gesellschaft als veraltet. Der starre Kanon an Normen und Konventionen des Bürgertums, das Leistungsdenken und der gärende Nationalismus ließen junge Künstler und Autoren um 1910 aufbegehren. Die Zeit von Entstehung und Erscheinen des *Demian* – die Zeit vor, während und nach Ende des Ersten Weltkrieges – ist eine Zeitspanne, in der **Deutschland von politischen und wirtschaftlichen Umbrüchen gekennzeichnet** ist.

Die bürgerliche Sexualmoral um 1900 und die Entdeckung der Psychoanalyse

Prüde Moralvorstellungen

Vor allem junge, adoleszierende Menschen hatten unter den prüden Moralvorstellungen zu leiden. Frauen etwa wurden keine eigenständigen sexuellen Bedürfnisse zugestanden. Der österreichische Autor Stefan Zweig, der in seiner Autobiografie *Die Welt von Gestern. Erinnerungen eines Europäers* (1944) diese prüde Sexualmoral und ihre Folgen eindringlich schildert, berichtet, dass Frauen nicht nur in der Öffentlichkeit vollständig bedeckt gekleidet sein mussten, sondern auch, wenn sie zuhause ein Bad nehmen wollten, dies nur in langen weißen Gewändern tun durften. Hinter dieser Fassade der angeblichen Wohlanständigkeit, so Zweig, habe jedoch ein umfangreiches Prostitutions- und Pornografiewesen existiert, über das selbstverständlich nicht gesprochen wurde.

Fassade der angeblichen Wohlanständigkeit

> „Aber in dieser ungesund stickigen, mit parfümierter Schwüle durchsättigten Luft sind wir aufgewachsen. Diese unehrliche und unpsychologische Moral des Verschweigens und Verdeckens war es, die wie ein Alb auf unserer Jugend gelastet hat (...).“[2]

Herrschende Heuchelei

Wiener Nervenarzt Sigmund Freud

Nicht nur die Jugend begann angesichts der herrschenden Heuchelei um 1900 zu rebellieren, die Verhältnisse riefen auch Kritiker aus den Reihen der Wissenschaft auf den Plan. Vor allem der Wiener Nervenarzt Sigmund Freud (1856–1939) war es, der mit seiner damals skandalös erscheinenden, jedoch rasch populär werdenden Theorie das Menschenbild revolutionierte. Damals grassie-

2 Stefan Zweig: *Die Welt von Gestern. Erinnerungen eines Europäers.* Frankfurt am Main: S. Fischer Verlag, 2006, S. 90.

rende psychische Erkrankungen wie Nervosität, Neurose, Neurasthenie oder Hysterie führte Freud auf verdrängte, unbewältigte Erlebnisse und Konflikte zurück, die meist in Zusammenhang mit der unterdrückten Sexualität standen. Dem bürgerlichen Ideal vom souveränen, jederzeit vernunftfähigen Subjekt stand Freud skeptisch gegenüber und behauptete die Existenz eines unbewussten Bereichs der Psyche, voller anarchischer Triebe, Wünsche und Bedürfnisse. Sein zeitweiliger Schüler C. G. Jung erweiterte Freuds Theorie und sah als grundlegend das Bestreben jedes Einzelnen an, persönliche und psychische Ganzheit zu erlangen.

Psychische Erkrankungen

Anarchische Triebe, Wünsche, Bedürfnisse

Schüler Freuds: C. G. Jung

Die meisten Autoren der literarischen Moderne um 1900, darunter auch Hermann Hesse, teilten nicht nur die Kritik an der bürgerlichen Moral, sondern beschäftigten sich auch intensiv mit den neuen tiefenpsychologischen Theorien. Die Literatur veränderte sich; die Figuren wurden vielschichtiger, und von der von Freud und Jung entdeckten Symbolsprache des Traumes ließen sich viele Autoren anregen, Hesse war einer von ihnen.

Einfluss der Psychoanalyse auf die Literatur

Die jungen Intellektuellen und der Ausbruch des Ersten Weltkrieges 1914

Das Weltbild der Expressionisten beschrieb die Gesellschaft als „tot“ und „geistfeindlich“, mittels Kunst und Literatur hofften die Autoren der Avantgarde, der Gesellschaft wieder Leben, Vitalität, Energie und Emotion zurückzugeben. Der allgemeinen Stimmung zufolge galt die Gegenwart als veraltet und dem Untergang geweiht; man hoffte auf einen Umbruch, eine Revolution, einen Krieg, damit eine Veränderung und Neugeburt möglich werden würde. Ein Beispiel für diese Stimmung ist ein Tagebucheintrag des expressionistischen Dichters Georg Heym von 1910:

Weltbild der Expressionisten

Gegenwart gilt als veraltet

Veränderung und Neugeburt

Tagebucheintrag Georg Heyms

„Es ist immer das gleiche, so langweilig, langweilig, langweilig. Es geschieht nichts, nichts, nichts. Wenn doch einmal etwas geschehen wollte, was nicht diesen faden Geschmack von Alltäglichkeit hinterlässt.
Würden einmal wieder Barrikaden gebaut. Ich wäre der erste, der sich darauf stellte, ich wollte noch mit der Kugel im Herzen den Rausch der Begeisterung spüren. Oder sei es auch nur, dass man einen Krieg begänne, er kann ungerecht sein. Dieser Frieden ist so faul ölig und schmierig wie eine Leimpolitur auf alten Möbeln.“[3]

Ausbruch des Krieges wird begrüßt

Diese allgemeine Stimmung ist eine Erklärung dafür, dass der Ausbruch des Ersten Weltkrieges im Sommer 1914 gerade von den Intellektuellen fast durchweg mit Begeisterung begrüßt wurde. Man erwartete nicht Millionen von Toten, sondern die Geburt eines neuen Menschen. Das trifft selbst auf einen so wachen Beobachter wie Hermann Hesse zu.

Auch in der Kunst ist die Vision vom Untergang ein zentrales Motiv. Zum Beispiel entwirft der expressionistische Maler Ludwig Meidner einen ganzen Zyklus mit Endzeitvisionen von Stadtlandschaften, die zwischen 1912 und 1913 entstehen (vgl. Abbildung S.19).

---

3 Zitiert nach: Thomas Anz: *Literatur des Expressionismus*. Stuttgart: Metzler, 2002, S. 134. Vgl. zu dem Zitat von Heym Demians Beobachtung: „Es wird den Leuten eine Wonne sein, schon jetzt freut sich jeder aufs Losschlagen. So fad ist ihnen das Leben geworden." (S. 149)

Apokalyptische Landschaft (1913) © Ludwig Meidner-Archiv, Jüdisches Museum der Stadt Frankfurt am Main

Politische und wirtschaftliche Umbrüche zur Zeit des Ersten Weltkrieges

Das Deutsche Kaiserreich (1871–1918) befand sich bis zum Ende des Krieges unter der Regentschaft von Kaiser Wilhelm II. Hatte der Imperialismus seit den 1880er Jahren die Konflikte zwischen den europäischen Großmächten zunächst an die Peripherie abgeleitet, so kehrten diese Konflikte nach erfolgter Aufteilung der Welt verstärkt nach Europa zurück und führten zum Ersten Weltkrieg (1914–1918). Während dieser Zeit erwies sich die wilhelminische

Gesellschaft als tief gespalten. Die wirtschaftlich dominierende Schicht des Bürgertums sah sich einer „roten Gefahr" ausgesetzt, verkörpert durch die Arbeiterschaft und den stetigen Aufstieg der Sozialdemokratie. Das bürgerliche Bildungs- und Erziehungswesen vermittelte den Jugendlichen Werte wie Autoritätshörigkeit, Pflichtgefühl und Nationalismus. Dies war ein Grund dafür, dass nicht nur die Intellektuellen, sondern auch die übrige deutsche Bevölkerung 1914 dem „kaiserlichen Ruf" zu den Waffen nicht nur keinen Widerstand entgegensetzte, sondern zahlreiche wehrfähige Männer ihm begeistert freiwillig Folge leistete.

Tiefe Spaltung der Wilhelminischen Gesellschaft

Hesses Roman mündet in den Kriegsausbruch

Hesses Roman mündet in den Kriegsausbruch, der – unter Ausblendung aller politischen Hintergründe – als unvermeidbar für die überfällige Zerstörung einer überholten Gesellschaft und für die moralische Erneuerung der Menschheit dargestellt wird:

> „Und je starrer die Welt auf Krieg und Heldentum, auf Ehre und andre alte Ideale eingestellt schien, je ferner und unwahrscheinlicher jede Stimme scheinbarer Menschlichkeit klang, dies war alles nur die Oberfläche, ebenso wie die Frage nach den äußeren und politischen Zielen des Krieges nur Oberfläche blieb. In der Tiefe war etwas im Werden. Etwas wie eine neue Menschlichkeit. Denn viele konnte ich sehen, und mancher von ihnen starb an meiner Seite – denen war gefühlhaft die Einsicht geworden, daß Haß und Wut, Totschlagen und Vernichten nicht an die Objekte geknüpft waren. Nein, die Objekte, ebenso wie die Ziele, waren ganz zufällig. Die Urgefühle, auch die wildesten, galten nicht dem Feinde, ihr blutiges Werk war nur Ausstrahlung des Innern, der in sich zerspaltenen Seele, welche rasen und töten, vernichten und sterben wollte, um neu geboren werden zu können. Es kämpfte sich ein Riesenvogel aus dem

Ei, und das Ei war die Welt, und die Welt mußte in Trümmer gehen." (S. 152f.)

Der Krieg wird jedoch nur in wenigen Anspielungen und im Schlusskapitel Gegenstand im *Demian*, da der Roman in erster Linie den *Weg nach innen*, zur Selbsterkenntnis, als grundlegende Aufgabe und Basis für eine Verbesserung der äußeren gesellschaftlichen Umstände propagiert. Dies erklärt die enorme Wirkung, die der Roman insbesondere auf die junge Generation bei seinem Erscheinen nach Kriegsende 1919 hatte: eine Zeit, die von der Niederlage, den daran anschließenden gesellschaftlichen und politischen Umwälzungen und dem Gefühl von Sinn- und Orientierungslosigkeit geprägt war. Zumindest äußerlich schien sich die Nachkriegsgesellschaft zunächst tatsächlich zu erneuern: Mit dem Inkrafttreten der Oktoberverfassung vom 28. Oktober 1918 vollzog sich der Wandel von einer Monarchie hin zu einer parlamentarischen Demokratie. Als die deutsche Niederlage feststand, gingen die Sozialdemokraten und andere linksorientierte Gruppierungen auf Konfrontationskurs zur Monarchie; Streiks und Massendemonstrationen waren die Folge. Der Kieler Matrosenaufstand vom 29. Oktober 1918 war der erste Höhepunkt dieser Gegenbewegung. Die Unruhen eskalierten in der so genannten Novemberrevolution; der Kaiser dankte ab und ging ins Exil, und die Republik wurde ausgerufen.

Enorme Wirkung des Romans nach Kriegsende

Erneuerung der Nachkriegsgesellschaft

2.3 Angaben und Erläuterungen zu wesentlichen Werken

ZUSAMMENFASSUNG

Das Gesamtwerk Hermann Hesses wird von einem **zentralen Thema** charakterisiert, der **Suche nach Selbstverwirklichung**, und zwar vor dem Hintergrund einer wirtschaftlich, politisch und moralisch „zerrissenen" Gesellschaft, die in der ersten Hälfte des 20. Jahrhunderts vor ständigen Umbrüchen und Modernisierungsprozessen stand.

Hesse selbst beschreibt sein Anliegen so:

Dichtungen als Verteidigung des Individuums

„Meine Dichtungen sind alle ohne Absichten, ohne Tendenzen entstanden. Wenn ich aber nachträglich nach einem gemeinsamen Sinn in ihnen suche, so finde ich allerdings einen solchen: vom *Camenzind* bis zum *Steppenwolf* und *Josef Knecht* können sie alle als eine Verteidigung (zuweilen auch als Notschrei) der Persönlichkeit, des Individuums gedeutet werden. Der einzelne, einmalige Mensch mit seinen Erbschaften und Möglichkeiten, seinen Gaben und Neigungen ist ein zartes, gebrechliches Ding, er kann wohl einen Anwalt brauchen. Und so wie er alle großen und starken Mächte gegen sich hat: den Staat, die Schule, die Kirchen, die Kollektive jeder Art, die Patrioten, die Orthodoxen und Katholiken aller Lager, die Kommunisten oder Faschisten nicht minder, so habe ich und haben meine Bücher immer alle diese Mächte gegen sich gehabt und bekamen ihre Kampfmittel, die anständigen wie die brutalen und gemeinen, zu spüren. Es wurde mir tausendmal bestätigt, wie gefährdet, schutzlos und angefeindet der Einzelne, der nicht Gleichgeschaltete in der Welt steht, wie sehr er des Schutzes, der Ermutigung, der Liebe bedarf."[4]

ZENTRALE THEMEN IM GESAMTWERK HESSES, INSBESONDERE AUCH IN *DEMIAN*

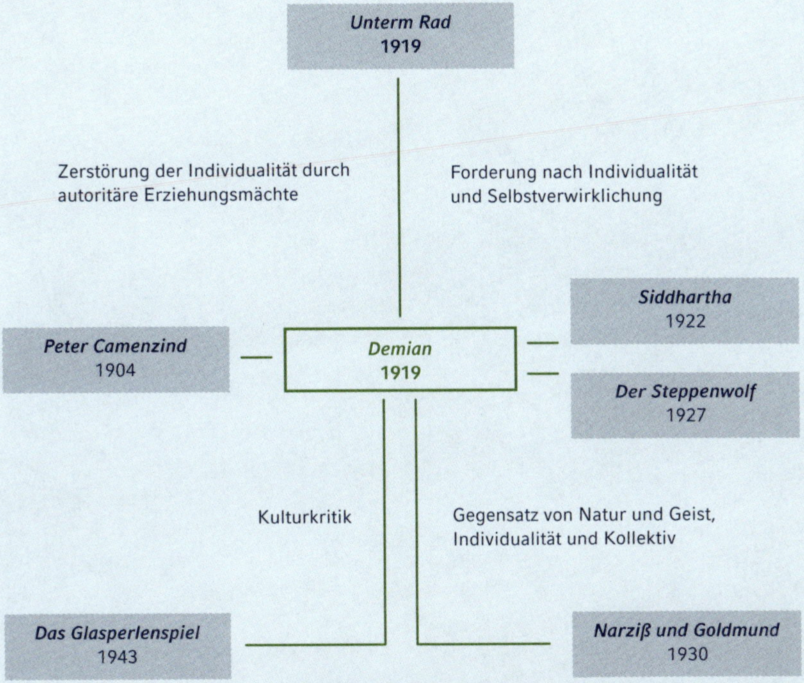

---

4 Zitiert nach: Unseld, *Werk und Wirkungsgeschichte*, S. 5.

Hesses Prosawerke als Seelenbiografien

Für Hermann Hesse sind alle seine Prosawerke Seelenbiografien: „Für mich ist der *Knulp* und der *Demian*, der *Siddhartha*, der *Klingsor* und der *Steppenwolf* oder *Goldmund* jeder ein Bruder des anderen, jeder eine Variation meines Themas.“[5]

5 Zitiert nach: Ebd., S. 154.

3. TEXTANALYSE UND -INTERPRETATION

3.1 Entstehung und Quellen

ZUSAMMEN-FASSUNG

1917 September/Oktober, *Demian* entsteht in der Schweiz.
1919 Der Roman erscheint unter dem fiktiven Pseudonym Emil Sinclair als vorgegebene Autobiografie. Es finden sich darin Anklänge an Hesses Erfahrungen mit der Psychoanalyse nach Freud, Lang und Jung.

Entstehung September bis Oktober 1917

Der Roman *Demian* entstand in den zwei Monaten September und Oktober 1917, wurde jedoch erst 1919 veröffentlicht. Thomas Mann erinnerte sich später an „die elektrisierende, die hoch sensationelle Wirkung", die *Demian* auf die junge Generation nach dem Ersten Weltkrieg ausübte und so „mit unheimlicher Genauigkeit den Nerv der Zeit traf"[6]. Bereits fünf Jahre vor der Niederschrift des *Demian*, im September 1912, war Hesse mit seiner Familie in die Schweiz übergesiedelt, denn er empfand „mit wachsender Stärke das politische Unbehagen in der überheblichen, protzigen Gesellschaft des wilhelminischen Deutschland, ein Unbehagen ähnlich dem, das heute [im Jahre 1960] nahezu jedermann angesichts der Machtanhäufungen und Rüstungen in Ost und West empfindet. Mich [Hesse] führte es noch zwei Jahre vor dem Ausbruch des Krieges aus Deutschland und aus vielen Bindungen und Traditionen heraus."[7]

---

6 Hesse – Thomas Mann, *Briefwechsel*, S. 123.
7 Zitiert nach: Michels (Hrsg.), *Materialien Bd. 1*, S. 9.

Hesse veröffentlicht unter Pseudonym Emil Sinclair

Für seinen Roman wählte Hesse zunächst das Pseudonym Emil Sinclair, eine Anspielung auf den Hölderlin-Freund und Republikaner Isaak von Sinclair. Wie er später erklärte, wollte er „unbelästigt von Ruhm und Anfeindung, unbeirrt von Abstempelung“[8], seine Gedanken und Fantasien aussprechen und „nicht die Jugend durch den bekannten Namen eines alten Onkels“[9] abschrecken. Bereits während des Krieges veröffentlichte der Autor die engagiertesten seiner politischen Aufsätze unter dem Pseudonym Sinclair, da seine zeitkritische Publizistik, nach seinem Eintreten für Völkerverständigung und Frieden, von der deutschen Gesandtschaft nicht gerne gesehen wurde und ihm in der nationalistisch aufgeheizten Atmosphäre heftige Anfeindungen einbracht hatte.

Der vermeintliche Debütant Emil Sinclair erhielt 1919 den Fontane-Preis für junge begabte Schriftsteller, was die positive Aufnahme sowohl in Literatenkreisen als auch beim vorwiegend jugendlichen Publikum belegt. Die scheinbar authentische Darstellung der psychologischen Entwicklung eines Heranwachsenden konnte erst mit Hesses Bekenntnis zur Autorschaft als fiktivliterarisches Werk gelesen werden. Der durchschlagende Erfolg des Romans bei seinem Erscheinen zeigt, wie sehr sich der damals 42-jährige, in der Schweiz lebende Autor in die seelischen Nöte der aus dem Krieg heimkehrenden jungen Generation einzufühlen vermochte.

Begegnung mit Psychoanalyse und Einfluss auf den Roman

Zugleich war *Demian* für Hesse Ausdruck einer persönlichen Neuorientierung nach einer krisenhaft-depressiven Zeit im vorausgehenden Jahr 1916, die er erst nach über 70 psychotherapeutischen Sitzungen bei dem C. G. Jung-Schüler Josef Bernhard Lang

8 Zitiert nach: Michels (Hrsg.), *Leben in Bildern und Texten*, S. 155.
9 Zitiert nach: Esselborn-Krumbiegel (Hrsg.), *Erläuterungen und Dokumente*, S. 49.

fürs Erste bewältigen konnte.[10] Neben der öffentlichen Diffamierung des Erfolgsautors als „Drückeberger“ und „vaterlandsloser Gesell“[11], der seelischen Belastung durch den Krieg und der Arbeit für die Kriegsgefangenenfürsorge war es vor allem der sich zuspitzende Ehekonflikt Hesses, der zur Krise führte. Hesse erkannte, dass seine Leiden und Gewissenskonflikte auch aus seiner Herkunft aus einem pietistischen Elternhaus resultierten.[12] Den Konflikt zwischen natürlicher Veranlagung und moralischer Indoktrination lernte Hesse über seinen persönlichen Fall hinaus als (nach der Theorie C. G. Jungs) aktuelle Variante archetypischer Verhaltensmuster zu deuten, die sich in der Mythologie und in der Geschichte der Menschheit wiederholten. Es ist genau diese Art der Gewissenserforschung mittels psychoanalytischer Methoden, die der Schriftsteller zur Grundlage des *Demian* macht, in dem der etwa 20-jährige Ich-Erzähler seinen bisherigen Lebensweg, seine Prägungen durch Erziehung und Gesellschaft durch Deutung markanter Träume und Erlebnisse reflektiert, um am Ende den ‚wahren‘ Kern seiner Persönlichkeit zu finden. In einem Brief schreibt Hesse 1922 selbst über den *Demian:*

> „Dies Buch betont den Individuationsprozeß[13], das Werden der Persönlichkeit, ohne das kein höheres Leben ist. Und bei diesem Prozeß, wo es lediglich Treue gegen sich selber gilt, gibt es eigentlich nur einen großen Feind: die Konvention, die Trägheit, das Bürgertum. Lieber sich mit allen Teufeln und

---

10 Zur Freundschaft zwischen Hesse und seinem Therapeuten vgl. Hesse, *Briefwechsel mit Lang*, Vorwort.
11 Zitiert nach: Esselborn-Krumbiegel (Hrsg.), *Erläuterungen und Dokumente*, S. 50.
12 Pietismus: Protestantische Reformbewegung, die dem einzelnen Gläubigen religiöse Autorität zuwies, aber auch den Aspekt der beständigen Kontrolle des eigenen Gewissens verstärkte. Hesses Eltern waren Pietisten.
13 In der Tiefenpsychologie C. G. Jungs bezeichnet Individuation den jedem Menschen aufgegebenen innerseelischen Prozess der Entwicklung hin zur Individualität.

Dämonen schlagen, als den verlogenen Gott der Konvention annehmen!“[14]

Modellhaft zeigt Hesses *Demian* demnach, dass man beim „Bau der Persönlichkeit“[15] ansetzen müsse, um der Wiederholung gesellschaftlicher Katastrophen entgegenzuwirken.

Anders als in seinen früheren Werken finden sich im *Demian* neben dem Einfluss der Psychoanalyse durch Freud, Lang und Jung auch grundlegende Motive des Philosophen Friedrich Nietzsche sowie des Alten und Neuen Testaments und der Gnosis[16] (siehe Kapitel 3.3 dieser Erläuterung, Abschnitt Leitmotive).

Autobiografie

Der zunächst unter einem Pseudonym erschienene Roman bedient sich der Gattung der Autobiografie (der Protagonist und Ich-Erzähler als scheinbar realer Autor). Durchsetzt von autobiografischen, lyrischen und surrealistischen Elementen, folgt der *Demian* dem Muster des Entwicklungsromans. Der Protagonist entwickelt sich über eine Reihe von Stufen, die anhand von einschlägigen Erlebnissen von ihm selbst reflektiert werden, von kindlicher Unschuld zu Reife und Selbsterkenntnis.[17] Mit Blick auf die ersten Kapitel lässt sich *Demian* auch in die Geschichte des Schüler- bzw. Schulromans einordnen, einem nach 1900 im Zei-

Entwicklungsroman

Schulroman

---

14 Zitiert nach: Michels (Hrsg.), *Leben in Bildern und Texten*, S. 157.

15 Zitiert nach: Michels (Hrsg.), *Materialien Bd. 1*, S. 16.

16 Field, S. 23. Zu Gnosis vgl. Kapitel 3.5 dieser Erläuterung.

17 Beim Entwicklungsroman wird die geistige Entwicklung der Hauptgestalt nach der Grundkonzeption des klassischen Bildungsromans aufgezeigt (zwei- bis dreiphasiger Aufbau: Jugendjahre – Wanderjahre – Bewusstwerden des Erreichten; Wendepunkte sind oft durch Erinnerungen, Retrospektiven gekennzeichnet), wobei die typische Erzählsituation die der Autobiografie (Ich-Form) ist. Während bei der Autobiografie eine sich selbst chronologisch reflektierende Individualität vorausgesetzt wird und sich ihr Wert lediglich aus der Aufrichtigkeit des Verfassers und der Unmittelbarkeit der Darstellung bestimmen lässt, so stehen Hauptfigur und Erzähler des Entwicklungsromans lediglich in der Intention des Autors, seine Entwicklungsideale und sein Weltbild in der jeweiligen geistesgeschichtlichen Situation darzustellen. Vgl. zu den Stichworten „Autobiografie“, „Bildungsroman“ und „Entwicklungsroman“ Günther und Irmgard Schweikle (Hrsg.): *Metzler-Literatur-Lexikon: Begriffe und Definitionen*. Stuttgart: J. B. Metzlersche Verlagsbuchhandlung, 2. überarb. Aufl. 1990, S. 34 f., 55 f., 125.

chen der Bildungskritik stehenden blühenden Genre, zu dem Hesse bereits 1906 den Roman *Unterm Rad* beisteuerte. Des Weiteren lässt sich der Roman, der Erwachsenwerden und Individualisierungsprozess seiner Hauptfigur beschreibt, als Adoleszenz- bzw. Initiationsgeschichte bezeichnen.

Initiationsgeschichte

3.2 Inhaltsangabe

Vorwort

Der Ich-Erzähler führt anspielungsreich sein Programm der Individuation ein, für das der Weg Sinclairs als exemplarisch gelte. Es geht ihm dabei um eine neue Erkenntnis der Bedeutsamkeit des eigenen Ichs im Kontrast zum von der Gesellschaft produzierten konformen ‚Herdentier'.

Lebensgeschichte des Erzählers

In einer Art Vorwort distanziert sich der Ich-Erzähler zunächst von den „Dichtern" (S. 7), die beim Erzählen so tun, als besäßen sie gottgleiche Macht. Der Erzähler will nur seine eigene (Lebens-) Geschichte erzählen, die „eines wirklichen, einmaligen, lebenden Menschen" (S. 7). Was der Mensch ist – „jeder ein kostbarer, einmaliger Versuch der Natur" (S. 7) –, ist in der von gegenseitigem Töten geprägten Gegenwart in Vergessenheit geraten. Der Erzähler bezeichnet sich als jemand, der einst ein „Suchender" (S. 8) war und der nun gelernt hat, auf die Natur in sich zu hören. Seine Geschichte ist für Menschen gedacht, die sich nicht mehr belügen wollen.

Stichwörter/wichtige Textstellen:

> „Das Leben jedes Menschen ist ein Weg zu sich selber hin, der Versuch eines Weges, die Andeutung eines Pfades. Kein Mensch ist jemals ganz und gar er selbst gewesen; jeder strebt dennoch, es zu werden, einer dumpf, einer lichter, jeder wie er kann. Jeder trägt Reste von seiner Geburt, Schleim und Eischalen einer Urwelt, bis zum Ende mit sich hin. Mancher wird niemals Mensch, bleibt Frosch, bleibt Eidechse, bleibt Ameise. Mancher ist oben Mensch und unten Fisch. Aber jeder ist ein Wurf der Natur nach dem Menschen hin. Und allen sind die

Herkünfte gemeinsam, die Mütter, wir alle kommen aus demselben Schlunde; aber jeder strebt, ein Versuch und Wurf aus den Tiefen, seinem eigenen Ziele zu. Wir können einander verstehen; aber deuten kann jeder nur sich selbst." (S. 8)

Zwei Welten
(1. Kapitel)

Der zehnjährige Lateinschüler Emil Sinclair erkennt früh, dass es neben der ‚hellen' Welt des Elternhauses noch eine ‚dunkle' Welt gibt: Statt Liebe, Sicherheit, Pflicht und Ordnung herrschen dort Geheimnis, Gefahr, Gewalt und Trieb. Die Grenze zu dieser ‚dunklen' Welt ist nahe, und es gibt rätselhafte Übergänge.

Emil Sinclair zwischen der „hellen" und der „dunklen" Welt

Sinclair glaubt zwar zu wissen, dass er eigentlich in die sichere Elternwelt gehört und dass sein Lebensziel darin besteht, so wie seine Eltern zu werden. Dennoch übt die verbotene Welt heimlich eine große Faszination auf ihn aus. Im Vergleich zur ‚dunklen' Welt erscheint ihm die ‚helle' mitunter als langweilig und öde. Der Preis für seine Ausflüge in die ‚dunkle' Welt sind schlechtes Gewissen und Angst. Anders als seinen Schwestern gelingt es ihm immer nur zeitweilig, gut und artig – wie ein „Engel" – zu sein.

Obwohl Sinclair in die Lateinschule geht, verbringt er oft Zeit mit Volksschülern aus der Nachbarschaft, vor allem mit Franz Kromer, der drei Jahre älter und der Sohn eines Alkoholikers ist. In der von Kromer angeführten Bande gilt es, sich mit „Heldentaten" und bösen Streichen zu rühmen, weshalb Sinclair, um von seiner Herkunft abzulenken und dazuzugehören, eine Geschichte erfindet, zu deren Helden er sich macht. Doch statt Kromers Anerkennung zu gewinnen, nutzt dieser die Geschichte von Sinclairs angeblichem Äpfeldiebstahl aus, um Sinclair wiederholt zu erpressen. Es gelingt Kromer, den wohlbehüteten und naiven Sinclair aus der

Sinclair gerät in Abhängigkeit von Franz Kromer

schützenden Elternwelt in ein Leben in Abhängigkeit in der dunklen, verbrecherischen Welt hinabzuziehen. Um Kromers Forderungen befriedigen zu können, bestiehlt Sinclair seine Eltern und fühlt sich für einige, von Angst und Albträumen geprägte Wochen dauerhaft aus der sicheren, hellen Welt verstoßen. Kromers Pfiff wird ihm zum Zeichen dieses Ausgeliefertseins. Die Ratlosigkeit seiner Eltern über sein in dieser Zeit mitunter seltsames Benehmen (er zieht sich immer mehr zurück, ist scheu und gereizt, vertraut sich ihnen nicht an), ihre Unwissenheit über seinen Pakt mit dem „Teufel" Kromer, führen dazu, dass das Bild seiner Eltern – insbesondere seines Vaters – Risse bekommt und sich Sinclair ihnen erstmals überlegen fühlt.

Stichwörter/wichtige Textstellen:
Die Welt der Eltern, wo es Pflicht und Schuld gibt, und die andere Welt, die bereits im Elternhaus anfängt (S. 9 f.); der erste Riss in der väterlichen Autorität (S. 20); das *Vogel-kämpft-sich-aus-dem-Ei-Motiv:*

> „(...) ich mußte mit erfrierendem Herzen zusehen, wie meine Welt, wie mein gutes, glückliches Leben Vergangenheit wurde und sich von mir ablöste, und mußte spüren, wie ich mit neuen, saugenden Wurzeln draußen im Finstern und Fremden verankert und festgehalten war. Zum erstenmal kostete ich den Tod, und der Tod schmeckt bitter, denn er ist Geburt, ist Angst und Bangnis vor furchtbarer Neuerung." (S. 21)

Kain
(2. Kapitel)

Der neue Mitschüler Max Demian, Sohn einer wohlhabenden Witwe, befreit Sinclair aus den Fängen seines Peinigers Kromer. Demian unterscheidet sich von den anderen Schülern; er wirkt erwachsen und allen überlegen und ist ein Einzelgänger, ist „eigen und persönlich gestempelt" (S. 28). Er scheint von einer übermenschlichen Aura umgeben und allwissend zu sein.

Bei einem Gespräch über den Religionsunterricht auf dem Nachhauseweg versteht es Demian, beim jungen Sinclair Zweifel an den gesellschaftlich-religiösen Konventionen und der Darstellung der Ereignisse in der Bibel und ihrer Auslegung durch den Lehrer zu wecken. Nach Demians Deutung der Kainsgeschichte war Kain ein „famoser Kerl" (S. 30), vor dem man Angst gehabt und dem man deshalb die Geschichte des Brudermordes angehängt habe (S. 30 f.). Ausschlaggebend für Kains Andersartigkeit sei das Zeichen gewesen, das er auf der Stirn trug, welches Demian nicht als eine Art „Poststempel" versteht, sondern als „etwas kaum wahrnehmbares Unheimliches, ein wenig mehr Geist und Kühnheit im Blick, als die Leute gewohnt waren." (S. 30) Hieraus sei die allgemeine Furcht vor den Kainskindern resultiert, deren Zeichen als das Gegenteil einer Auszeichnung, als Stigma aufgefasst worden sei. Den Totschlag Abels deutet Demian als einen gewöhnlichen Vorgang: „Also ein Starker hat einen Schwachen totgeschlagen." (S. 31) Daraufhin hätten die anderen wohl Angst vor dem Starken bekommen und, statt sich ihre Feigheit einzugestehen, Kains Zeichen als Zeichen von Gott interpretiert.

Demian weist Sinclair den Weg zur Reife

Mit seinen blasphemischen Ausführungen bringt Demian Sinclair dazu, das bislang fraglos für wahr gehaltene, von Elternhaus und Schule vermittelte Wissen in Frage zu stellen. In seinen Reflexionen identifiziert er sich mal mit Abel, mal mit dem gezeichneten Kain; auch Demian mit seinem unheimlichen, vor Selbstsicherheit strotzenden Blick erscheint ihm als „eine Art Kain“ (S. 32). Über Demian sind zahlreiche Gerüchte in Umlauf, auch erzählen sich die Schüler Fantastisches von seiner Körperkraft. Sinclair träumt schließlich zweimal von Demian, wie er von ihm in Kromerscher Manier gepeinigt wird, was Sinclair im Traume jedoch „gerne und mit einem Gefühl, das ebensoviel Wonne wie Angst“ (S. 34) enthält, erleidet.

Demian als schützender Begleiter

Demian begleitet Sinclair jedoch nicht nur im Traum, sondern stellt sich ihm auch in der Realität als schützender Begleiter zur Seite, der ihn von seinem Peiniger befreit. Bei seinem letzten Erpressungsversuch verlangt Kromer, dass Sinclair ihn mit seiner Schwester bekannt mache. Demian, der wie zufällig gleich darauf auftaucht, rät dem verzweifelten Sinclair zu Furchtlosigkeit und zum Mut zur Selbstständigkeit. Sinclair verrät Demian den Namen seines Peinigers, und bald darauf bemerkt er verblüfft und außer sich vor Freude, dass Kromer vor ihm davonläuft. Demian behauptet, zu Kromer nichts weiter gesagt zu haben, als dass es sein eigener Vorteil wäre, wenn er Sinclair in Ruhe lasse. Sinclair ist überglücklich und erleichtert, jedoch noch nicht reif genug, sich Demian gegenüber dankbar zu zeigen. Er versucht, alles zu vergessen, gesteht seinen Eltern die ganze Geschichte und kehrt glücklich in das scheinbar verlorene Paradies des Elternhauses bzw. seiner Kindheit zurück, ohne zunächst mit Demian weiter Kontakt zu halten, der für Sinclair ähnlich wie Kromer für die ‚dunkle‘ Welt steht. Als Sinclair später einmal seinem Vater Demians Deutung der Kainsgeschichte erzählt, entgegnet dieser überrascht, diese habe ihren Ursprung bei einer frühchristlichen Sekte, den „Kainiten“. Es handle sich dabei um nichts weiter als

Emils Rückkehr in das „Paradies der Kindheit“

um „Ketzerei“, „ein[en] Versuch des Teufels, unsern Glauben zu zerstören“ (S. 46).

Stichwörter/wichtige Textstellen:
Demian nimmt Kontakt zu Sinclair auf: „‚Gehen wir ein Stück weit zusammen?‘ fragte er freundlich. Ich war geschmeichelt und nickte.“ (S. 28); Demian weist Sinclair auf das Sperber-Wappen über der Haustür von dessen Elternhaus hin (S. 28 f.); Demian verunsichert Sinclair mit seiner Auslegung des Kainsmythos: „Kain ein edler Mensch, Abel ein Feigling! Das Kainszeichen eine Auszeichnung! Es war absurd, es war gotteslästerlich und ruchlos. Wo blieb dann der liebe Gott?“ (S. 31); Bedeutung der Kainskinder als individuell gezeichnete – individualisierte – Persönlichkeiten; Sinclair empfindet sich als Kainskind (S. 32); „Es war ein Stein in den Brunnen gefallen, und der Brunnen war meine junge Seele.“ (S. 32); Kainsmotiv (S. 41), Sinclair setzt sich statt mit Kain wieder mit Abel gleich:

> „So wählte ich, in meinem blinden Herzen, die Abhängigkeit von Vater und Mutter, von der alten, geliebten ‚lichten Welt‘, von der ich doch schon wußte, daß sie nicht die einzige war. Hätte ich das nicht getan, so hätte ich mich zu Demian halten und mich ihm anvertrauen müssen. Daß ich das nicht tat, das erschien mir damals als berechtigtes Mißtrauen gegen seine befremdlichen Gedanken; in Wahrheit war es nichts als Angst. Denn Demian hätte mehr von mir verlangt als die Eltern verlangten, viel mehr, er hätte mich mit Antrieb und Ermahnung, mit Spott und Ironie selbständiger zu machen versucht. Ach, das weiß ich heute: nichts auf der Welt ist dem Menschen mehr zuwider, als den Weg zu gehen, der ihn zu sich selber führt!“ (S. 45)

Der Schächer
(3. Kapitel)

Mehrere Jahre später, mit Beginn der Pubertät, muss Sinclair die kindliche Vergangenheit endgültig hinter sich lassen. Die „dunkle, andere Welt“ ist nun in ihm selbst: in Form der erwachenden Sexualität, die im Elternhaus als Sünde gilt und daher verheimlicht werden muss.

Demian leitet Sinclairs selbstständiges und kritisches Hinterfragen der religiösen Dogmen und des im Unterricht vermittelten Menschenbildes an, was Sinclair hilft, den seit seiner Kindheit empfundenen Dualismus in der Welt zu einem natürlichen Ganzen zu vereinigen.

Sinclair führt „das Doppelleben des Kindes, das doch kein Kind mehr ist“ (S. 47); seine Eltern ignorieren die Veränderung und lassen ihn in seinen Seelennöten allein.

Anders als Kromer ist Demian seit ihrer ersten Begegnung nie wieder völlig verschwunden, ist aber zunächst eine Figur am Rand geblieben, ein Einzelgänger, der von Mitschülern wie Lehrern gemieden wird. Sinclair erscheint er zunehmend als geheimnisvoll. So glaubt er einmal, als sich die Schüler um ein verendendes Pferd versammelt haben, in Demians Gesicht nicht nur das eines Knaben, sondern auch das eines Mannes und sogar das einer Frau zu erkennen, ein zeitloses, nicht-menschliches Antlitz. Demian erscheint Sinclair „unausdenkbar anders“ (S. 50) als alle anderen.

Erneute Annäherung an Demian

Im Konfirmationsunterricht, für den sich Sinclair in dieser Phase längst nicht mehr interessiert, entwickelt sich zwischen den beiden wieder eine seelische Verbindung. Sie führt dazu, dass Sinclair und Demian kurz darauf wie durch Zauberei nebeneinander sitzen. Demian beeindruckt Sinclair mit seiner Menschenkenntnis, die ihm hilft, das Verhalten anderer vorauszusehen und in Grenzen zu beeinflussen; Sinclair erscheint dies wie Telepathie.

Wer etwas wirklich will, erreiche dies auch, weil ihm dann Natur und Umstände zu Hilfe kommen, erklärt Demian.

Während sich die Mitschüler damit brüsten, dem Pfarrer nicht mehr zu glauben, hat Sinclair weiterhin Ehrfurcht vor der Religion. Doch wird er mit Demians Hilfe selbstbewusst genug, die Geschichten der Bibel freier, spielerischer zu deuten. Trotzdem ist er zunächst von Demians Deutung der Geschichte von den beiden Schächern schockiert. So habe Demian zufolge von den beiden Schächern, die zusammen mit Jesus gekreuzigt wurden, derjenige, der nicht im letzten Augenblick bereut habe, sondern seinen Weg zu Ende ging, Charakter bewiesen und sei ein Nachfahre Kains.

Demian leitet Sinclairs kritisches Hinterfragen an

Demian leitet so Sinclairs selbstständiges und kritisches Hinterfragen der religiösen Dogmen und des im Unterricht vermittelten Menschenbildes an, was Sinclair hilft, den seit seiner Kindheit empfundenen Dualismus in der Welt zu einem natürlichen Ganzen zu vereinigen. Man müsse, erklärt ihm Demian, die ganze Welt verehren und heilig halten, statt sie künstlich zu trennen und die eine Hälfte zu verneinen. Dazu müsse man sich konsequenterweise „einen Gott schaffen, der auch den Teufel in sich einschließt, und vor dem man nicht die Augen zudrücken muß, wenn die natürlichsten Dinge von der Welt geschehen." (S. 60) Die moralische Konsequenz daraus ist für Demian, dass das Verbotene relativ ist und wechseln kann und dass jeder im Lauf seines Lebens selbst erkennen muss, was ihm verboten ist, statt sich bequem an die jeweiligen Gesetze zu halten.

Sinclair erkennt in Demians Ausführungen über die totgeschwiegene Zusammengehörigkeit der zwei Welten seine eigenen Gedanken wieder. Das Problem der gespaltenen Welt, an dem er so lange gelitten hat, begreift er nun als „ein Problem aller Menschen, ein Problem alles Lebens und Denkens" (S. 60). Die kommende Konfirmation empfindet er jetzt als die Aufnahme in einen geheimen „Orden des Gedankens und der Persönlichkeit“ (S. 62) und Demian als Boten. Kurz darauf erklärt Demian Sinclair, dass man bei sich selber bleiben müsse und dass das Wegkommen von sich selbst die eigentliche Sünde sei. Sinclair erlebt seinen Freund mitten im Unterricht in einem erschreckenden tod- oder trance-ähnlichen Zustand, körperlich anwesend, geistig dagegen fern.

Stichwörter/wichtige Textstellen:

„Jeder Mensch durchlebt diese Schwierigkeit [der Pubertät]. Für den Durchschnittlichen ist dies der Punkt im Leben, wo die Forderung des eigenen Lebens am härtesten mit der Umwelt in Streit gerät, wo der Weg nach vorwärts am bittersten erkämpft werden muß. Viele erleben das Sterben und Neugeborenwerden, das unser Schicksal ist, nur dies eine Mal im Leben, beim Morschwerden und langsamen Zusammenbrechen der Kindheit, wenn alles Liebgewordene uns verlassen will und wir plötzlich die Einsamkeit und tödliche Kälte des Weltraums um uns fühlen. Und sehr viele bleiben für immer an dieser Klippe hängen und kleben ihr Leben lang schmerzlich am unwiederbringlich Vergangenen, am Traum vom verlorenen Paradies, der der schlimmste und mörderischste aller Träume ist.“ (S. 47 f.)

„Die andere wichtige Figur meiner Tragödie aber, Max Demian, verschwand nicht mehr ganz aus meinem Umkreis. Doch stand er lange Zeit fern am Rande, sichtbar, doch nicht wirksam. Erst allmählich trat er wieder näher, strahlte wieder Kräfte und Einflüsse aus.“ (S. 48); „‚Verboten‘ ist also nichts Ewiges, es kann wechseln. (...) Darum muß jeder von uns für sich selber finden, was erlaubt und was verboten – ihm verboten ist. Man kann niemals etwas Verbotnes tun und kann ein großer Schuft dabei sein. Und ebenso umgekehrt.“ (S. 61); *Vogel-kämpft-sich-aus-dem-Ei*-Motiv: „Die Kindheit fiel um mich her in Trümmer.“ (S. 65)

Beatrice
(4. Kapitel)

Sinclairs Eltern übergeben ihren Sohn der Obhut einer Knabenpension in St., damit er dort das Gymnasium besuchen kann. Der von seinem Freund getrennte Sinclair trauert – von den wechselhaften Stimmungen der Pubertät getrieben – noch immer seiner Knabenzeit nach und spürt Abneigung gegen die körperlichen und seelischen Veränderungen, die sich an ihm vollziehen. Er fühlt, dass seine Entwicklung an einem Scheideweg steht und es sich zeigen wird, ob er ein normaler Bürger oder ob ihn seine Natur in eine andere Richtung drängen wird. Zudem findet er seine Traumgeliebte, Frau Eva.

Sinclairs Zeit auf dem Gymnasium

In der Knabenpension pflegt Sinclair das erste Jahr eine Rolle als Sonderling, in der er sich nach außen hin als weltverachtend und männlich gibt, obwohl ihn heimlich Anfälle von Wehmut und Verzweiflung überkommen; er beschäftigt sich viel mit sich selbst.

Auf einem seiner Spaziergänge, bei denen er sich seinem Weltschmerz hingibt, wird Sinclair von Alfons Beck, einem älteren Schüler, um den viele heldenhafte Gymnasiastengerüchte kursieren, zu einem Glas Wein in einer Vorstadtkneipe eingeladen. Er bringt Sinclair dazu, sich zu öffnen und sich seinen Kummer von der Seele zu reden; Sinclair genießt das Gefühl, endlich einmal anerkannt zu werden. Über Alfons Beck und ihre verbotenen Wirtshausbesuche lernt Sinclair in der darauf folgenden Zeit Wirklichkeit, Sinnlichkeit und Abenteuer zu erleben und zu erleiden. Er gefällt sich in der Rolle eines bewunderten Anführers und Teufelskerls und schwankt zwischen selbstzerstörerischen Alkoholorgien voller Trotz gegen die Welt und anschließenden Furcht- und

Sinclair erlebt und erleidet Sinnlichkeit und Abenteuer

Schamgefühlen. Seine wüste Lebensweise führt soweit, dass ihm der Ausschluss vom Gymnasium droht. Er gehört in dieser Zeit äußerlich ganz der dunklen Welt, während er innerlich ängstlich und traurig ist, sich weiterhin einsam fühlt und gegenüber Mädchen noch immer schüchtern ist. Auch ein Besuch seines besorgten Vaters vermag daran nichts zu ändern; Sinclair ist seine Zukunft gleichgültig, für ihn ist sein Lotterleben eine Form des Protestes gegen die Welt. Trotz der Gemeinschaft seiner Trinkkumpanen fehlt ihm jedoch am meisten ein Freund. Max Demian, gegen den er in dieser Zeit einen besonderen Groll hegt, hat auf seine beiden Briefe zu Beginn der Schülerzeit in St. nicht geantwortet.

Sinclair begegnet seiner Traumgeliebten

An einem Frühlingstag begegnet Sinclair einer jungen Dame, die ihn sofort anzieht. Auffällig sind ihre große und schlanke Statur und ihr kluges Knabengesicht. Dieses fremde Mädchen, dem er sich nicht zu nähern traut, nennt er für sich Beatrice. Sie wird seine Traumgeliebte, ein neues Ideal, durch das er zu sich selbst zurückfindet, denn um sie zu verehren und anzubeten, muss er wieder allein sein. Sinclair versteht die folgende Zeit als Versuch, zur hellen Welt zurückzukehren, aber nicht mehr als Flucht zurück in die Kinderwelt, sondern als aktiver, selbstbestimmter Schritt nach vorn, bei dem seine Geschlechtlichkeit geläutert werden soll. Dazu bemüht er sich nun, im Alltag wie ein Heiliger zu leben, was ihm von den anderen viel Spott einträgt. Während dieser neuen Phase der Innerlichkeit („Ich war wieder bei mir selbst zu Hause, obwohl nur als Sklave und Dienender eines verehrten Bildes“, S. 76), des Träumens und der heimlichen Verehrung Beatrices versucht Sinclair, die Traumgeliebte zu malen. Im Bild erkennt er schließlich Züge Demians und darüber hinaus sein Inneres, sein Schicksal. In diesem Zusammenhang fällt dem Erzähler in seiner Rückschau ein, dass er Demian in der Zeit seines Lotterlebens doch einmal in den Ferien begegnet ist, was ihm damals zunächst unangenehm

Bild der Traumgeliebten trägt die Züge Demians

war, da es ihn an die unangenehme Kromer-Geschichte und seine Verpflichtung gegenüber Demian erinnerte. Sinclairs Trinken und seiner Prahlerei begegnete Demian erst mit Verwunderung, dann mit Gelassenheit: Niemand könne wissen, zu welchem Zweck Sinclair sich jetzt dem Alkohol hingebe; aber sein Selbst wisse es schon. Sinclair reagierte auf Demians Worte verächtlich.

Verbundenheit mit Demian erwacht erneut in Sinclair

Durch Träume von dem rätselhaften Freund und von dem Wappenvogel über der Tür des Elternhauses wird die innere Verbundenheit mit Demian in Sinclair wieder lebendig. Sinclair malt das Bild eines Vogels, der sich aus einer Weltkugel wie aus einem Ei herausarbeitet. Er schickt dieses Bild ohne weiteres Schreiben Demian. Seine Läuterung durch Beatrice führt äußerlich dazu, dass er die Schule besteht; innerlich bleibt er einsam und orientierungslos.

Stichwörter/wichtige Textstellen:
Der Weg nach innen: „Ich verhielt mich völlig gleichgültig gegen die äußere Welt und war tagelang nur damit beschäftigt, in mich hineinzuhorchen und die Ströme zu hören, die verbotenen und dunklen Ströme, die da in mir unterirdisch rauschten." (S. 66); Selbstekel und Gefühlszerissenheit Sinclairs:

> „Ich, der stolz im Geist war und Gedanken Demians mitdachte! So sah ich aus, ein Auswurf und Schweinigel, betrunken und beschmutzt, ekelhaft und gemein, eine wüste Bestie, von scheußlichen Trieben überrumpelt! (…) Das war ich! (...) Es war doch Gefühl, es stiegen doch Flammen, es zuckte doch Herz darin! Verwirrt empfand ich mitten im Elend etwas wie Befreiung und Frühling." (S. 70 f.)

Weg-zu-sich-selbst-Motiv: „Es gibt viele Wege, auf denen der Gott uns einsam machen und zu uns selber führen kann. Diesen Weg ging er damals mit mir." (S. 73); Sinclair erkennt in Beatrices Bild zunächst Demian und dann sich selbst (S. 79 f.); „‚Und dann (...) ist das Leben des Wüstlings eine der besten Vorbereitungen für den Mystiker.'" (S. 82); Demians Leitsatz: „‚Es ist so gut, das zu wissen, daß in uns drinnen einer ist, der alles weiß!'" (S. 83)

Symbol der Gottheit Abraxas

Der Vogel kämpft sich aus dem Ei (5. Kapitel)

Wie als Antwort Demians findet Sinclair in seinem Schulbuch einen Zettel. Auf ihm steht, dass zur Geburt des Selbst die Zerstörung einer Welt nötig sei und dass der geschlüpfte Vogel zu dem Gott Abraxas fliege. Auch Pistorius hilft Sinclair auf dem Weg zum Selbst.

Kurz darauf erfährt Sinclair im Unterricht, dass es sich bei Abraxas nach der philosophisch-mystischen Überlieferung um eine Gottheit handle, die symbolisch das Göttliche und das Teuflische in sich vereinigt. Sofort fallen Sinclair die früheren Gespräche mit Demian über die Unzulänglichkeit des christlichen Gottesbildes ein, das die teuflische Seite ausschließt.

Sinclair, der mittlerweile körperlich erwachsen und nur ein Jahr vom Studium entfernt ist, verspürt in dieser Zeit wieder verstärkt eine Liebessehnsucht und träumt wiederholt von einer Frau, in der er zunächst seine Mutter zu erkennen glaubt, die ihn dann aber an Demian erinnert, eine mächtige Frau, die ihm „Engelsbild und Satan, Mann und Weib in einem, Mensch und Tier, höchstes Tier und äußerstes Böses" (S. 90) ist. „So war mein Liebestraumbild, und so war auch Abraxas." (S. 90) Noch immer fühlt er sich in dieser Zeit orientierungslos, weiß nur, dass da etwas in ihm ist, dass aus ihm heraus will. Innerlich ist er ganz mit sich beschäftigt und erlebt

Seelenstürme, äußerlich wird er inzwischen von den Mitschülern heimlich geachtet und bewundert. Bald darauf wird er scheinbar durch Zufall vom Orgelspiel in einer Kirche angezogen, weil die Musik „so wenig moralisch ist“ (S. 95). Sinclair folgt dem Organisten und kommt mit ihm in einer Kneipe ins Gespräch. Wie sich herausstellt, weiß auch der Musiker, ein ehemaliger Theologiestudent namens Pistorius, der sich privat mit Religionsgeschichte und Mythologie beschäftigt, von Abraxas und lädt Sinclair zu sich ein. Pistorius unterrichtet Sinclair in der Kunst, ins Feuer zu schauen und die Formen der Natur zu erkennen. In jedem Individuum, so Pistorius, lasse sich die ganze Stammesgeschichte der Menschheit seit den Urzeiten finden, jeder sei mit allem verbunden. Pistorius' Lehren helfen Sinclair auf seinem Weg zur Selbstwerdung.

Begegnung mit Pistorius

Stichwörter/wichtige Textstellen:
Deutung des *Der-Vogel-kämpft-sich-aus-dem-Ei*-Motivs durch Demian: „Der Vogel kämpft sich aus dem Ei. Das Ei ist die Welt. Wer geboren werden will, muß eine Welt zerstören. Der Vogel fliegt zu Gott. Der Gott heißt Abraxas.“ (S. 86 f.); Motto: „Ich wollte ja nichts als das zu leben versuchen, was von selber aus mir heraus wollte. Warum war das so sehr schwer?“ (S. 91); Sinclairs Erkenntnis: „Ich habe unter dem Moralischen immer bloß gelitten.“ (S. 95); Einswerdung mit der Natur:

> „(…) das Betrachten solcher Gebilde, das Sichhingeben an irrationale, krause, seltsame Formen der Natur erzeugt in uns ein Gefühl von der Übereinstimmung unseres Innern mit dem Willen, der diese Gebilde werden ließ (…). Vielmehr ist es dieselbe unteilbare Gottheit, die in uns und die in der Welt tätig ist, und wenn die äußere Welt unterginge, so wäre einer von uns fähig, sie wieder aufzubauen“ (S. 99 f.)

Pistorius' Lehre von der Ganzheit des Menschen: „„Wir ziehen die Grenzen unserer Persönlichkeit immer viel zu eng! Wir rechnen zu unserer Person immer bloß das, was wir als individuell unterschieden, als abweichend erkennen. Wir bestehen aber aus dem ganzen Bestand der Welt (…)'" (S. 100); *Der-Vogel-kämpft-sich-aus-dem-Ei*-Motiv:

> „(…) alle [Gespräche mit Pistorius] halfen Häute von mir abstreifen, Eierschalen zerbrechen, und aus jedem hob ich den Kopf etwas höher, etwas freier, bis mein gelber Vogel seinen schönen Raubvogelkopf aus der zertrümmerten Weltschale stieß." (S. 101)

Jakobs Kampf
(6. Kapitel)

Der mittlerweile 18-jährige Sinclair spürt dank der Gespräche mit Pistorius wachsendes Vertrauen in sich und in seine Fähigkeiten, die ihn von der konformen Masse unterscheiden.

Pistorius rät Sinclair, er selbst zu sein

Pistorius rät ihm, sich selbst so anzunehmen, wie immer ihn die Natur geschaffen haben mag; Abraxas verlasse nur den, der normal werde. Wer von Abraxas wisse, brauche nichts, was seine Seele wünscht, für verboten zu halten. Das gelte gerade im Hinblick auf seine Sexualität: Man solle sich für seine Wünsche und Begierden nicht verdammen, sondern sie „mit Achtung und Liebe behandeln" (S. 106). Erst dann offenbarten die Wünsche ihren eigentlichen Sinn. Einmal sieht Sinclair nachts Pistorius, seinen lebensweisen Seelenführer, betrunken und wie unter einem fremden Zwang stehend, durch die Gassen stolpern, und ist verwirrt.

In der Schule wird er von Knauer angesprochen, einem schmächtigen Mitschüler, der Sinclairs Nähe sucht, weil er in ihm einen gleich gesinnten Suchenden sieht. Knauer versucht verzweifelt, um den Erhalt der reinen Geistigkeit willen seinen Geschlechtstrieb zu unterdrücken, was ihm aber nicht gelingen will, und erhofft sich Rat von Sinclair. Dieser empfindet jedoch nur Mitleid für Knauer; er rät ihm, auf seine eigene, innerste Stimme zu hören und zu sich selbst zu finden. Allein besinnt sich Sinclair erneut auf seine Träume und malt wieder, diesmal ein Gesicht, das ihn an Demian und an sich selbst erinnert und das sich bei jeder „Anrufung" (S. 112) verwandelt. Er vergleicht sein Ringen mit dem Bild mit dem Kampf Jakobs mit dem Engel und empfindet das Bild so sehr in sich selbst, bis es „zu lauter Ich" (S. 112) geworden ist. Von der Heftigkeit dieser Erfahrung auch im Traume getrieben, drängt es ihn in der Nacht hinaus zu einem verlassenen Neubau. Dort trifft er Knauer und kann den Verzweifelten gerade noch davon abhalten, sich umzubringen, indem er ihm klarmacht, dass er den falschen Weg gegangen sei und ein falsches Bild vom Menschen habe.

Pistorius gibt ihm Selbstvertrauen

Die Gespräche mit Pistorius bringen Sinclair weiter voran auf seinem Weg zu sich selbst und geben ihm Selbstvertrauen; das gemalte Bild empfindet er als „Wunschbild und eine Steigerung meiner selbst." (S. 115) Knauer bleibt eine Zeit lang anhänglich in Sinclairs Nähe und bewundert ihn. Mit Pistorius kommt es am Ende zu einem Konflikt, den Sinclair später als notwendigen Schritt hin zur Lösung von Pistorius deutet. Nachdem er schon eine Weile lang erste Widerstände gegen seinen bewunderten Lehrer verspürt, verletzt er ihn eines Abends, indem er Pistorius' Träume als „antiquarisch" (S. 117) bezeichnet und damit Pistorius' schwachen Punkt trifft. Voller Reue verlässt Sinclair die Wohnung des Organisten und fühlt erstmals das Zeichen Kains auf seiner Stirn. Trotz seines schlechten Gewissens erkennt er, dass es nur eine Pflicht im Leben gibt, nämlich zu sich selbst zu finden. Ob-

Sinclair sehnt sich erneut nach Demian

wohl er sich noch weiter mit Pistorius trifft und dieser ihm von seinem Lebensweg erzählt, ist klar, dass der Musiker kein Führer mehr für ihn sein kann. Am Ende seiner Schulzeit sehnt er sich wieder nach Demian.

Stichwörter/wichtige Textstellen:
„Das Wichtigste (...), was ich bei ihm [Pistorius] lernte, war ein weiterer Schritt auf dem Wege zu mir selbst." (S. 102 f.)

> „‚Lieber Sinclair, unser Gott heißt Abraxas, und er ist Gott und ist Satan, er hat die lichte und die dunkle Welt in sich. Abraxas hat gegen keinen Ihrer Gedanken, gegen keinen Ihrer Träume etwas einzuwenden. Vergessen Sie das nie. Aber er verläßt Sie, wenn Sie einmal tadellos und normal geworden sind.'" (S. 103 f.)

„‚Es gibt keine Wirklichkeit als die, die wir in uns haben. Darum leben die meisten Menschen so unwirklich, weil sie die Bilder außerhalb für das Wirkliche halten und ihre eigene Welt in sich gar nicht zu Worte kommen lassen.'" (S. 107); Sinclair gibt die Lehre von der Suche nach sich selbst weiter (S. 110 f.); Sinclair spürt zum ersten Mal das Kainszeichen auf seiner Stirn (S. 119); Sinclair erkennt seine Bestimmung:

> „Es gab keine, keine, keine Pflicht für erwachte Menschen als die eine: sich selber zu suchen, in sich fest zu werden, den eigenen Weg vorwärts zu tasten, einerlei wohin er führte. (...) Wahrer Beruf für jeden war nur das eine: zu sich selbst zu kommen. Er mochte als Dichter oder Wahnsinniger, als Prophet oder als Verbrecher enden – dies war nicht seine Sache, ja dies war letzten Endes belanglos. (...) Ich war ein Wurf der Natur, ein Wurf

ins Ungewisse, vielleicht zu Neuem, vielleicht zu Nichts, und diesen Wurf aus der Urtiefe auswirken zu lassen, seinen Willen in mir zu fühlen und ihn ganz zu meinem zu machen, das allein war mein Beruf. Das allein!“ (S. 120 f.)

Frau Eva
(7. Kapitel)

In den Ferien sucht Sinclair nach Demian, doch sind der Freund und seine Mutter inzwischen fortgezogen, wie er von der Besitzerin des Hauses erfährt. Sie zeigt ihm eine Fotografie von Demians Mutter, und Sinclair erkennt in ihr seine Traumgeliebte.

Studienzeit und erneute Begegnung mit Demian

Über lange Zeit reist Sinclair planlos von Ort zu Ort, um Demians Mutter zu finden, jedoch ohne Erfolg. Sein Philosophiestudium an der Universität H. enttäuscht ihn, alles erscheint ihm eintönig und konformistisch. Sinclair liest Nietzsche, den er als Leidensgenossen empfindet. Während eines Spaziergangs an einem Herbstabend trifft er schließlich Demian wieder und geht auf ihn zu. Demian hat Sinclair bereits erwartet und sofort erkannt, denn, so erklärt er, Sinclair trage schließlich das Zeichen und nun noch deutlicher als früher. Sofort verstehen sich die beiden besser als je zuvor, und Demian erläutert Sinclair, wie marode die gegenwärtige Gesellschaft sei, eine „Gemeinschaft aus Angst“ (S. 127). In ihrem Herdentrieb jagten die Menschen toten Idealen hinterher und seien aus Angst allem Neuen gegenüber ignorant und intolerant. Er sagt Sinclair den Untergang dieser sterbenden Welt voraus. Wer von den erwachten Menschen die gesellschaftlichen Auseinandersetzungen überleben werde, um den werden sich neue Gemeinschaften sammeln.

Schließlich lädt Demian Sinclair zu sich nachhause ein, wo Sinclair endlich Demians Mutter, Frau Eva, begegnet. Als er am nächsten Morgen überglücklich Demians Haus betritt, fühlt er sich wie ein endlich Heimgekehrter, und Frau Eva, die bereits alles von ihm weiß, heißt ihn im Kreise der Gezeichneten willkommen, die Sinclair nun als „Erwachte, oder Erwachende" (S. 136) begreifen lernt. Das Haus und der Garten der Frau Eva sind wie eine vor der Welt verborgene, märchenhafte Insel, ein Ort, an dem die Gemeinschaft zuhause ist. Zum Kreis der Gezeichneten gehören noch einige Suchende von verschiedener Art und Herkunft, deren gemeinsames Anliegen die Kritik an ihrer Zeit ist. Für sie hat das gegenwärtige Europa über all dem technischen Fortschritt und der militärischen Aufrüstung seine Seele verloren. Die Gezeichneten streben nach einem immer vollkommeneren Wachsein, während sich die anderen Menschen dem Glück und Leben in der Herde zuwenden. Als ihre Aufgabe sehen es die Gezeichneten an, unabhängig vom gesellschaftlichen Konformitätsdruck ihrer innersten Bestimmung zu folgen, um bereit zu sein für das, was die Zukunft bringt. Sie erwarten den baldigen Zusammenbruch der jetzigen Gesellschaftsordnung und eine Neugeburt. Demian erklärt Sinclair, dass man sie, die Gezeichneten, in der Zeit nach dem Zusammenbruch brauchen werde, weil sie der Menschheit helfen könnten, neue, mutige Wege zu beschreiten.

Frau Eva: Mutter und Geliebte, Erfüllung und Angst

Frau Eva ist für Sinclair Mutter und Geliebte, Erfüllung und Angst. Sein größter Wunsch ist es, sich mit ihr zu vereinigen. Frau Eva erzählt ein Märchen von einem Jüngling, der einen Stern liebte und bei dem Versuch, zu ihm zu gelangen, starb, weil er zu wenig Vertrauen in seine Liebe hatte. Frau Eva verspricht Sinclair, sie werde zu ihm kommen, wenn einmal seine Liebe stark genug sei. Einige Zeit später findet Sinclair Demian wieder in dem leblosen Zustand wie seinerzeit während des Unterrichts (vgl. Kapitel *Der Schächer*); später deutet Demian seine und Sinclairs Träume als Vorzeichen des nahenden Zusammenbruchs.

Stichwörter/wichtige Textstellen:
Sinclair ist einer, der das ‚Kainszeichen' trägt: „‚Wir nannten es früher das Kainszeichen, wenn du dich noch erinnern kannst. Es ist unser Zeichen. Du hast es immer gehabt, darum bin ich dein Freund geworden. Aber jetzt ist es deutlicher geworden.'" (S. 126); die Herdenmenschen:

> „‚Was jetzt an Gemeinsamkeit da ist, ist nur Herdenbildung. Die Menschen fliehen zueinander, weil sie voreinander Angst haben (...) Man hat nur Angst, wenn man mit sich selber nicht einig ist. Sie haben Angst, weil sie sich nie zu sich selber bekannt haben. (...) Sie fühlen alle, daß ihre Lebensgesetze nicht mehr stimmen (...). Sie hängen an Idealen, die keine mehr sind, und steinigen jeden, der neue aufstellt.'" (S. 127 f.)

Demian deutet den Krieg voraus: „‚Diese Welt, wie sie jetzt ist, will sterben, sie will zugrunde gehen, und sie wird es.'" (S. 128); „‚Die Welt will sich erneuern. Es riecht nach Tod. Nichts Neues kommt ohne Tod.'" (S. 146); Frau Eva weiht Sinclair in das Geheimnis um die Gezeichneten ein (S. 136); die Gezeichneten:

> „Mit diesen allen hatten wir eigentlich nichts Geistiges gemein als die Achtung, die ein jeder dem geheimen Lebenstraum des andern gönnte. (...) Und wir empfanden einzig das als Pflicht und Schicksal: daß jeder von uns so ganz er selbst werde, so ganz dem in ihm wirksamen Keim der Natur gerecht werde" (S. 136 f.)

Liebe zu Frau Eva:

> „‚Liebe muß nicht bitten', sagte sie [Frau Eva], ‚auch nicht fordern. Liebe muß die Kraft haben, in sich selbst zur Gewißheit zu kommen. Dann wird sie nicht mehr gezogen, sondern zieht. Sinclair, Ihre Liebe wird von mir gezogen. Wenn sie mich einmal zieht, so komme ich. Ich will keine Geschenke geben, ich will gewonnen werden.'" (S. 140)

Die Bestimmung der Gezeichneten:

> „Was kommen wird, ist unausdenklich. Die Seele Europas ist ein Tier, das unendlich lang gefesselt lag. Wenn es frei wird, werden seine ersten Regungen nicht die lieblichsten sein. (...) Dann wird unser Tag sein (...). Die wenigen, welche dann da sind und mitgehen, werden wir sein. Dazu sind wir gezeichnet – wie Kain dazu gezeichnet war, Furcht und Haß zu erregen und die damalige Menschheit aus einem engen Idyll in gefährliche Weiten zu treiben." (S. 137 f.)

Anfang vom Ende
(8. Kapitel)

Sinclair kann das Sommersemester in der Stadt bei Demian und Frau Eva verbringen. Als er eines Tages all seinen Willen auf seine Liebe zu Frau Eva konzentriert, um sie endlich zu sich zu rufen, erscheint Demian, der ihm vom Ausbruch des Krieges berichtet; er hat sich bereits freiwillig gemeldet. Auch Sinclair beschließt, das Schicksal anzunehmen, und verspürt Abenteuerlust. Die Wege der Freunde müssen sich nun trennen, beide werden in das große Rad des Krieges hineingezogen, geistig wissen sie sich jedoch weiterhin verbunden.

Sinclair erlebt den Krieg als Rausch und große Verbrüderung und spürt, dass sich unter der Oberfläche Neues ankündigt, eine „neue Menschlichkeit“ (S. 152). Jetzt erscheint ihm die Welt als der Riesenvogel, der sich aus dem Ei kämpfen muss. Zuletzt glaubt der verwundete Sinclair, neben dem sterbenden Demian in einem Lazarett zu liegen. Dort empfängt er durch Demian den Kuss von Frau Eva, als Zeichen der von nun an immer währenden geistigen Verbindung der Freunde zu ihrem Schicksal. Als Sinclair wieder erwacht, liegt ein fremder Mensch neben ihm. Doch von nun an sieht Sinclair, wenn er in sich selbst hinabsteigt, in seinem eigenen Spiegelbilde das seines Freundes Demian.

Kriegsausbruch

Stichwörter/wichtige Textstellen:
Krieg aus Langeweile:

> „‚Es wird also kein Weltuntergang, kein Erdbeben, keine Revolution. Es wird Krieg. Du wirst sehen, wie das einschlägt! Es wird den Leuten eine Wonne sein, schon jetzt freut sich jeder aufs Losschlagen. So fad ist ihnen das Leben geworden.‘“ (S. 149)

> „Mit der Zeit sah ich aber, daß ich die Menschen unterschätzt hatte. So sehr der Dienst und die gemeinsame Gefahr sie uniformierte, ich sah doch viele, Lebende und Sterbende, sich dem Schicksalswillen prachtvoll nähern. Viele, sehr viele hatten (...) den festen, fernen, ein wenig wie besessenen Blick, der nichts von Zielen weiß und volles Hingegebensein an das Ungeheure bedeutet.“ (S. 152)

Der Riesenvogel kämpft sich aus dem Ei und zerstört die Welt (S. 152 f.).

Sinclair erreicht das Ziel der Individuation:

> „Aber wenn ich manchmal den Schlüssel finde und ganz in mich selbst hinuntersteige, da wo im dunkeln Spiegel die Schicksalsbilder schlummern, dann brauche ich mich nur über den schwarzen Spiegel zu neigen und sehe mein eigenes Bild, das nun ganz Ihm gleicht, Ihm, meinem Freund und Führer." (S. 155)

3.3 Aufbau

ZUSAMMEN-FASSUNG

Dem ursprünglich unter dem Pseudonym Emil Sinclair erschienenen Roman ist ein Vorwort des fiktiven Autors vorangestellt. In ihm distanziert sich Emil Sinclair von literarischen, d. h. fiktiven Werken und begründet mit der allgemein missachteten Wertschätzung des ganzen Individuums die gewählte Erzählform der Autobiografie. In selbem Sinne basiert der Aufbau des Romans auf der Integration **zweier paralleler Handlungsstränge**, von denen der vordergründige Strang den Gang des Protagonisten durch die Bildungsinstitutionen darstellt, der parallele Strang jedoch die bedeutendere innere Entwicklung, beeinflusst durch Sinclairs Erfahrungen auf der äußeren Handlungsebene. Demian ist ihm hier Ziel seiner Individuation, denn in ihm erkennt er zuletzt sich selbst als Ganzes. Auch die **Leitmotive** stehen in der Funktion der Erhellung des Individuationsweges. Siegehen von der Erfahrung des Gegensatzes verschiedener Ordnungsvorstellungen in der Welt aus (**Antithese**, **Polarität**). Symbolische Verweise auf dialektische Zusammenhänge, Elemente der **Psychoanalyse** (Tier- und Traumsymbole), Bibelsymbolik sowie das Bild der Urmutter strukturieren den Roman und geben auf metaphorischer Ebene Hinweise auf die Deutung des Dargestellten.

Zur Funktion des Vorworts

Der Autobiograf, der die bestimmenden Entwicklungsabschnitte seines Lebens als Etappen auf einem Weg darstellt, der ihn zur Erkenntnis seiner eigenen Bestimmung führte, begründet die Er-

Ich-Erzählung

Authentizität und Glaubwürdigkeit

Programm, das den Roman strukturiert

Gattung der Autobiografie als Gegenprogramm

Appell an den Leser, der seine individuelle Bestimmung erkennen und erfüllen soll

zählstruktur der Ich-Erzählung. Indem er programmatisch nur von sich und seinem Lebensweg sprechen will, betont er die Authentizität und damit Glaubwürdigkeit der folgenden Geschichte – im Unterschied zu bloß ,erfundenen' Dichtungen.

Zugleich führt der Erzähler bereits auf den ersten beiden Seiten thesenhaft sein lebensphilosophisches Programm ein, das den Roman strukturiert. Das durch die Kriegserfahrung ausgelöste Gefühl der Bedeutungslosigkeit, die Erfahrung der oft puren Zufälligkeit des Überlebens oder Sterbens, die kollektiv erfahrene Endlichkeit des Einzelnen und die Ungewissheit über die Zukunft prägen die historische Situation des Lesers in der unmittelbaren Nachkriegszeit. Somit stellt Hesse die Gattung der Autobiografie selbst gegen die Stimmung von Resignation, Sinnlosigkeit und Indifferenz. Die gewählte Erzählform dient als Gegenprogramm zu der real erfahrenen Bedeutungslosigkeit des Individuums im Krieg. Die Wichtigkeit jedes Einzelnen wird dabei vom Erzähler sozial-anthropologisch begründet. Das Individuum habe seinen Ursprung in einer allen Individuen gemeinsamen Herkunft: „Und allen sind die Herkünfte gemeinsam, die Mütter, wir alle kommen aus demselben Schlunde (...)" (S. 8).

Der Einzelne erlangt seine Bedeutung durch die Einmaligkeit, mit der er eine der möglichen Erscheinungsweisen der Welt durch sich realisiert: „Jeder Mensch aber ist nicht nur er selber, er ist auch der einmalige, ganz besondere, in jedem Fall wichtige und merkwürdige Punkt, wo die Erscheinungen der Welt sich kreuzen, nur einmal so und nie wieder." (S. 7) Und kurz danach heißt es: „Wir können einander verstehen; aber deuten kann jeder nur sich selbst." (S. 8) Diese individuellen Erscheinungsweisen der Welt kann der Mensch durch sich realisieren, wenn er sich seinem ,Schicksal', seiner Bestimmung anvertraut. Somit wird ein an den Leser gerichteter Appell deutlich: Am Beispiel Sinclairs soll gelernt werden, wie man seine Bestimmung erkennt und wie man sie trotz Hindernissen erfüllt. Nachgeahmt soll Sinclairs Weg freilich nicht werden, da jedem Einzelnen ein anderer Weg aufgegeben ist. Exemplarisch wird das unbeirrte Verfolgen einer individuellen Bestimmung gezeigt, die nicht gelehrt werden kann, sondern die jeder selbst für sich erkennen soll: „Ich war ein Suchender und bin es noch, aber ich suche nicht mehr auf den Sternen und in den Büchern, ich beginne die Lehren zu hören, die mein Blut in mir rauscht." (S. 8) Autobiografie bedeutet im *Demian* also nicht Abbildung der Realität, sondern ‚Vorbildung' möglicher Realität.[18] Das konkrete historische Beispiel eines Einzelnen, der das Programm der Individuation durch die „Besinnung auf sich selbst" in seinem wirklichen Leben erfahren und vollzogen hat, soll dessen Wahrhaftigkeit bezeugen.

‚Vorbildung' möglicher Realität

Bei einer Interpretation des Romans sollte somit berücksichtigt werden, dass Tatbestände, die für die Entwicklung eines Jugendlichen allgemeine Gültigkeit besitzen, in der Funktion stehen, dem Leser historische Wahrhaftigkeit zu suggerieren.

Kompositionsstruktur

Durch das dem Vorwort vorangestellte Motto – „Ich wollte ja nichts als das zu leben versuchen, was von selber aus mir heraus wollte. Warum war das so sehr schwer?" (S. 7) – wird der Blick des Lesers unmittelbar auf das Innenleben des Erzählers gelenkt.

Motto lenkt den Blick des Lesers

Die Kompositionsstruktur des in acht Kapitel unterteilten Romans basiert auf der Integration zweier paralleler Handlungsstränge/-ebenen.

Acht Kapitel mit zwei Handlungsebenen

Die vordergründige Ebene stellt die äußere Entwicklung des Protagonisten dar, seinen Gang durch die öffentlichen Bildungs-

18 Vgl. Karlstetter, S. 50.

institutionen des Bürgertums. Im 1. und 2. Kapitel ist Sinclair Lateinschüler, im 3. Kapitel besucht er den Konfirmationsunterricht, im 4., 5. und 6. Kapitel vollzieht er die Gymnasialzeit als Zögling im Knabenpensionat, und im 7. Kapitel studiert er schließlich an der Universität.

Auf der zweiten Ebene gestaltet der Erzähler parallel sein eigentliches Thema, die innere (psychische) Entwicklung Sinclairs. Begleitet von seinem Seelenführer Demian, kämpft Sinclair mit den Konflikten, in die er durch seine neu gewonnenen Erfahrungen auf den einzelnen Stationen seines Weges gerät. Parallel zu seinem äußeren Bildungsgang vereinigt Sinclair die von Demian initiierten neuen Erkenntnisse mit den ihnen widerstrebenden Norm- und Wertvorstellungen seines Elternhauses. Demian ist ihm hierbei Zielpunkt der Entwicklung, da er nicht nur Vorbild, sondern Urbild und Ideal seiner selbst darstellt.

Demian ist Zielpunkt der Entwicklung

Erzählverlauf

Lineares Erzählen

Der Erzählverlauf ist gekennzeichnet durch die Exposition einzelner Situationen und Erlebnisse, die wesentliche Einschnitte in der psychischen Entwicklung der Hauptfigur zeigen. Dem linearen Erzählen entsprechend, schließt an die jeweilige Schilderung der Erlebnisse die ausführliche, quantitativ überwiegende Reflexion dieser Erlebnisse an. Die innere Entwicklung wird parallel zur äußeren dargestellt: „Ich beginne meine Geschichte mit einem Erlebnisse der Zeit, wo ich zehn Jahre alt war und in die Lateinschule unseres Städtchens ging. Viel duftet mir da entgegen und rührt mich von innen (...)“ (S. 9). Durch diese Erzählweise wird der Leser nach und nach in die Welt des Erzählers eingeführt und das „Programm der Ich-Findung durch die Besinnung auf sich selbst“[19] erzählerisch umgesetzt (siehe Grafik).

---

19 Ebd., S. 52.

KOMPOSITIONSSTRUKTUR

Ebene 1: äußere Handlung	Ebene 2: innere Handlung	⟷ Reflexion
Vorwort/Motto		
1. Lateinschule	Erlebnis	
2. Lateinschule	Demian	Demian = Vorbild
3. Konfirmationsunterricht	Pubertät Demian	
4. Gymnasium	Wirtshaus Demian	
5. Gymnasium	Pistorius Abraxas	Erkenntnisprozess
6. Gymnasium	Traum Eva Demian	Selbstvertrauen
7. Universität	Begegnung Eva – Demian	Selbstannahme
8. Krieg	Neubeginn	Sinclair = Demian ↓

↓ Individuation durch „Besinnung auf sich selbst"

Leitmotive

Grundlegendes Leitmotiv ist die Erfahrung des (zunächst unvereinbar scheinenden) Gegensatzes (Antithese) verschiedener Ordnungsvorstellungen in der Welt, die den Protagonisten bei seinem Entwicklungsgang zur Reflexion nötigt. Sinclair gehört als Sohn einer gutbürgerlichen Familie einer privilegierten Gesellschaftsschicht an, die eine eigene Welt mit eigenen Normen postuliert und dabei bestimmte Aspekte des Daseins ausblendet, tabuisiert oder leugnet (bzw. psychoanalytisch gesprochen verdrängt). Diese Aspekte sind vor allem von Gewalt und Sexualität bestimmt. In der Welt der ‚einfachen' Bevölkerung erlebt Sinclair dagegen gerade diese Aspekte als real und dominierend. Der Erzähler gestaltet diesen sozialen Gegensatz mit den dualistischen (gegensätzlichen) Prinzipien von ‚gut/böse', ‚hell/dunkel', ‚geistig/stofflich', ‚innen/außen' (vgl. S. 9–12). Im Verlauf des Roman wird dieses Leitmo-

Gegensatz (Antithese) verschiedener Ordnungsvorstellungen in der Welt

Dualistische Prinzipien

Yin-Yang-Symbolik: Synthese der Gegensätze

tiv auf die polaren Elemente der Natur (männlich/weiblich) ausgedehnt und in die Yin-Yang-Symbolik transformiert (vgl. Kapitel 2.7.1), die eine Form der Syntheseder beiden Gegensätze darstellt.

Chiffren

Die Verwendung von Chiffren wie ‚Schicksal', ‚der eigene Weg', ‚Charakter', ‚Traum', ‚Gefühl', ‚Empfinden', die der Erzähler durch Demian einbringt, dienen der exemplarischen Funktion der ‚Autobiografie'; als abstrakte Begriffe sollen sie vom Einzelnen je für sich definiert werden.

Ein wichtiges Motiv, das sich parallel zum Entwicklungsgang sich selber ‚entwickelnd' durch den Roman zieht, ist das Bild vom Wappenvogel. Der Sperber, zunächst als Wappen über der Torwölbung (S. 28 f.), wird im Laufe der Handlung Sinclairs Traumvogel, ein leitmotivisches Symbol des Schutzes und der Wiedergeburt. So ist denn auch das 5. Kapitel des Romans, der Beginn der ‚Bewusstwerdungsphase' des Entwicklungsromans, mit dem Wortlaut: „Der Vogel kämpft sich aus dem Ei" betitelt. Das Bild vom Wappenvogel aus dem Ei symbolisiert Sinclairs Entwicklung. Um zu werden, was zu werden er bestimmt ist, muss er die Hüllen (der elterlichen Normen usw.), die ihn zunächst schützend, dann aber beengend umfassen, zerbrechen. Es gibt Hesses Roman zufolge für den, der sich seinem Schicksal anvertraut, kein Verharren in einer sicheren, geborgenen Welt, sondern nur das stetige Durchwandern und Voranschreiten durch die Stadien, die seine Bestimmung ihm vorzeichnet. Darüber hinaus ist das Bild aber auch Sinnbild der Welt, das vorausweist auf den Untergang der bestehenden, brüchigen bürgerlichen Ordnung, aus dem eine neue Welt erwachsen soll.[20]

Bild vom schlüpfenden Wappenvogel symbolisiert Sinclairs Entwicklung

Biblische Motive im Roman: das Kainszeichen

Das biblische Bild des Kainszeichens (vgl. im Alten Testament 1. Mose 4, 15) wird hier ebenfalls als symbolisches Leitmotiv verwendet. Der Weg zur Reife führt notwendigerweise über Sünde

20 Ebd., S. 43.

und Schuld.[21] Gegen Ende des Romans wird deutlich, dass das Motiv für die erwachenden bzw. erwachten Menschen, den Kreis der Sehenden, die nicht das blinde Herdendasein leben, als gegenseitiges Erkennungszeichen dient. Der Kreis ist bereit, seinem Schicksal (dem drohenden Krieg) entgegenzutreten, um nach Kriegsende auf den Gang der Menschheit einzuwirken: „Dazu sind wir gezeichnet – wie Kain dazu gezeichnet war, Furcht und Haß zu erregen und die damalige Menschheit aus einem engen Idyll in gefährliche Weiten zu treiben" (S. 138). In den letzten zwei Kapiteln wird das Motiv in das reale Geschehen einbezogen. Die von den Figuren thematisierte Kultur- und Gesellschaftskritik und der Gedanke der notwendigen Erneuerung der Welt unter der Führerschaft der Auserwählten, die das Zeichen tragen und den Gott Abraxas verehren, scheinen objektiv durch die historischen Geschehnisse bestätigt zu werden, da der Roman in den Ausbruch des Ersten Weltkrieges mündet.

Der Kreis der Sehenden

Durch das Motiv von Jakobs Kampf mit dem Engel (vgl. 1. Mose 32, 25) wird die gegenseitige Durchdringung von biblischen und Jungschen Symbolen deutlich. Hesse schrieb dazu: „Die Mythen der Bibel, wie alle Mythen der Menschheit, sind für uns wertlos, solange wir sie nicht persönlich und für uns und unsere Zeit zu deuten wagen. Dann aber können sie uns sehr wichtig werden."[22] Nach C. G. Jung verwandelt sich Gott in und durch den Menschen, wie es das Ringen Jakobs mit dem Engel verbildlicht.[23] Durch tiefenpsychologische Einsichten, die Hesse intensiv studiert hat, wird dieser Gedanke im *Demian* auf den Individuationsprozess Sinclairs übertragen:

Jakobs Kampf mit dem Engel

---

21 Vgl. Field, S. 88.
22 Zitiert nach: Unseld, *Werk und Wirkungsgeschichte*, S. 72.
23 Field, S. 88.

> „Wenn Ihnen wieder einmal etwas recht Tolles oder Sündhaftes einfällt, Sinclair, wenn Sie jemand umbringen oder irgendeine gigantische Unflätigkeit begehen möchten, dann denken Sie einen Augenblick daran, daß es Abraxas ist, der so in Ihnen phantasiert! Der Mensch, den Sie töten möchten, ist ja nie der Herr Soundso, er ist sicher nur eine Verkleidung. Wenn wir einen Menschen hassen, so hassen wir in seinem Bild etwas, was in uns selber sitzt. Was nicht in uns selber ist, das regt uns nicht auf." (S. 106)

Kampf mit dem dunklen ‚Schatten'

Der Kampf mit der Doppelgesichtigkeit, die Sinclair an sich wahrnimmt, ist der einzig mögliche Durchgang zur Annahme seines wahren Ich. Erst im Kampf mit dem dunklen ‚Schatten'[24] kann sich zeigen, dass dieser gar nicht nur der gefährliche Feind ist, sondern möglicherweise der „Engel des Herrn", die „bessere Hälfte". Sinclair ist allein, klagt und betet sein im Traum gezeichnetes Bild einer fremden Frau an. Sie ist das Symbol für ungelebte Möglichkeiten, heimliche und verdrängte Wünsche und Ängste, unheimliche Triebdynamik und abgründige Träume, vor allem aber für seine verborgenen weiblichen Seelenanteile:

Symbol für ungelebte Möglichkeiten

> „(…) ich nannte es Mutter, ich nannte es Geliebte, nannte es Hure und Dirne, nannte es Abraxas. Dazwischen fielen Worte von Pistorius – oder von Demian? – mir ein (…). Es waren Worte über den Kampf Jakobs mit dem Engel Gottes, und das ‚Ich lasse dich nicht, du segnest mich denn.'" (S. 111 f.)

---

24 In der Theorie C. G. Jungs ist der ‚Schatten' die Gesamtheit der verborgenen, verdrängten, unterentwickelten Aspekte der eigenen Person. Sie gilt es, im Prozess der Individuation sich bewusst zu machen und in das bewusste Leben zu integrieren.

Als Jakob in der Bibel allein und mit sich selbst konfrontiert ist, ist es Gott selbst, mit dem er zu kämpfen hat. Er hat das Angesicht seines Bruders Esau gesehen, „wie man das Angesicht Gottes sieht“ (1. Mose 33, 10). Selbsterfahrung und Gotteserfahrung, Selbsterfahrung und Erfahrung des anderen Ich erschließen sich gegenseitig: „Am Ende schloß ich, einem starken, inneren Rufe folgend, die Augen und sah nun das Bild inwendig in mir, (...) es war so sehr in mir innen, daß ich es nicht mehr von mir trennen konnte, als wäre es zu lauter Ich geworden.“ (S. 112)

3.4 Personenkonstellation und Charakteristiken

ZUSAMMENFASSUNG

Emil Sinclair und Max Demian sind die einander zugeordneten **Parallel- und Kontrastfiguren** der Erzählung. Demian übernimmt eine **Begleiterrolle** für Sinclair, indem er bei diesem auf dessen **Individuationsweg** Reflexionsprozesse initiiert und aufarbeitet und ihm mit verständigem Rat zur Seite steht. Weitere wichtige Figuren, die Sinclairs inneren Weg zu sich selbst beeinflussen, sind der Organist und ebenfalls individuelle Einzelgänger **Pistorius** sowie Sinclairs Traumgeliebte **Frau Eva**, die zugleich Demians Mutter ist.

Einzelne Vertreter der konformen und in Normen erstarrten, unkritischen Gesellschaft

Emil Sinclair

Wohlbehüteter Bürgerssohn

Mit zehn Jahren besucht der wohlbehütete Bürgerssohn Emil Sinclair in einer kleinen, namenlos bleibenden Stadt die Lateinschule. Sinclairs Bewusstsein überschreitet schon früh die Grenzen der bürgerlichen Welt: Er nimmt neben dem gesitteten und religiös geprägten Vaterhaus eine „andere Welt" wahr, in der es „Dienstmägde und Handwerksburschen, Geistergeschichten und Skandalgerüchte" sowie „Schlachthaus und Gefängnis, Betrunkene und keifende Weiber, (…) Erzählungen von Einbrüchen, Totschlägen, Selbstmorden" (S. 9 f.) gibt. Der Knabe findet beide Welten „wunderbar" (S. 10) und lebt oft sogar „am allerliebsten in der verbotenen Welt" (S. 10 f.), die Gefahr, Spannung und Lust statt Sicherheit, Ordnung und Langeweile verheißt. Obwohl der Knabe zusammen mit dem Sohn des Bürgermeisters die Lateinschule besucht, sucht er daher Kontakt zu den aus einfachen Verhältnissen

Sucht Kontakt zu Schülern der Volksschule

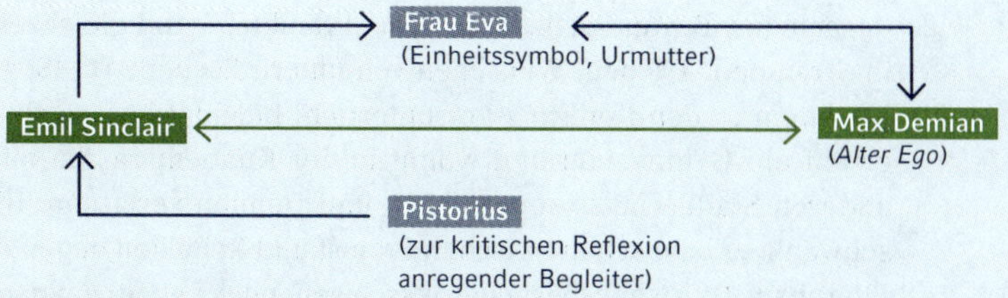

stammenden Schülern der Volksschule. Als er mit dem drei Jahre älteren Franz Kromer, dem Sohn eines Trinkers, und seiner Clique verkehrt, fühlt sich Sinclair zum ersten Mal als unterlegener Außenseiter. Kromer verkörpert das Gegenteil zu der reinen und heilen Welt seines Elternhauses und zieht Sinclair durch sein freies und beneidenswert selbstsicheres, ungehemmtes Auftreten an. Sinclairs Versuch, bei Kromer Anerkennung zu erlangen und dazuzugehören, schlägt jedoch auf fatale Weise fehl, versteht es Kromer doch, diesen Annäherungsversuch auszunutzen und Sinclair zu erpressen. Durch seine Naivität und Unerfahrenheit mit der ‚dunklen' Welt fällt Sinclair ihren Regeln so zum Opfer und gerät unter das Joch Kromers.

Sinclair gerät in unerträglichen inneren Konflikt

Diese Erfahrung prägt Sinclair, denn er gerät zunehmend in einen unerträglichen inneren Konflikt. Trotz seines Schuldbewusstseins beginnt er sich seinem Vaterhaus zu entfremden, denn er kann sich den Eltern nicht anvertrauen. Er denkt, dass ihm die Eltern aus dieser Situation nicht helfen können, dass ihre Macht begrenzt ist. Befreien kann sich Sinclair von Kromers zunehmend sadistischer werdenden Erpressereien erst mit der Hilfe Demians. Demian lehrt ihn, die vorgegebenen bürgerlichen Ideale in Frage zu stellen und selbstständig zu denken. In den Jahren der Puber-

Demian lehrt Sinclair, die vorgegebenen Ideale in Frage zu stellen tät und der erwachenden Sexualität empfindet Sinclair erneut sein gespaltenes Bewusstsein, er lebt im „Erlaubten“ und gleichzeitig in „Träumen, Trieben, Wünschen von unterirdischer Art“ (S. 47). Nachdem er den Konfirmationsunterricht beendet hat, wechselt er auf ein Gymnasium und wohnt in der Knabenpension einer anderen Stadt – muss somit Eltern und Demian verlassen. Hier schwankt er bald schon zwischen Protest und Rebellion gegen das Elternhaus (Wirtshausbesuche, ausschweifendes Leben) einerseits und Selbstverachtung und -ekel andererseits. Erneut gelingt es ihm nicht, die beiden Seiten seiner Persönlichkeit zu einer fruchtbaren Synthese zu vereinigen, während er innerlich Angst und Sehnsucht nach Reinheit spürt. Er hat keinen Freund und flüchtet sich in eine Traumwelt.

Flucht in die Traumwelt

In der folgenden Lebensphase, ausgelöst durch die heimliche Verehrung des Mädchens ‚Beatrice‘, gelingt ihm jedoch zunehmend die Integration seiner unbewussten Persönlichkeitsaspekte; er beginnt zu malen. Der Organist Pistorius hilft ihm, zu seiner Individualität zu stehen und seine Bilder – die Projektionen seines Inneren – richtig zu deuten. Durch die schicksalhafte Begegnung mit Demians Mutter, Frau Eva, lernt Sinclair zuletzt, die gespaltenen Hälften seines Ichs zu vereinigen.

Max Demian

Das plötzliche Auftauchen des ihm in jeder Hinsicht überlegenen, aber positiv zugewandten Max Demian verkörpert für Sinclair zunächst den rettenden Ausweg aus seinem unerträglichen Konflikt zwischen Erziehung und unbewussten Trieben. Die erste Begegnung findet in der Lateinschule statt. Der neue Schüler Demian, Sohn einer wohlhabenden Witwe, ist mehrere Jahre älter und besucht eine höhere Klasse als Sinclair. Er fällt dem Knaben bald auf, da er ungewöhnliche Reife ausstrahlt. „Beliebt war er nicht,

Sohn einer wohlhabenden Witwe

Strahlt ungewöhnliche Reife aus

er nahm nicht an den Spielen, noch weniger an Raufereien teil, nur sein selbstbewußter und entschiedener Ton gegen die Lehrer gefiel den andern“ (S. 27), schildert der Erzähler. Trotz seiner Versuche, sich anzupassen, macht Demian den Eindruck, etwas Besseres als die anderen Schüler zu sein:

> „(...) er war in jeder Hinsicht anders als alle, war durchaus eigen und persönlich gestempelt, und fiel darum auf – zugleich aber tat er alles, um nicht aufzufallen, trug und benahm sich wie ein verkleideter Prinz, der unter Bauernbuben ist und sich jede Mühe gibt, ihresgleichen zu scheinen.“ (S. 28)

Es ist Demian, der den Kontakt zu Sinclair herstellt und ihm den Weg über die Grenzen seiner beschränkten Elternwelt hinaus weist, der ihn von nun an auf einem Teil seines Lebensweges begleitet („‚Gehen wir ein Stück weit zusammen?‘ fragte er freundlich. Ich war geschmeichelt und nickte.“, S. 28). Aus den Gesprächen der beiden wird deutlich, dass Demian gut über Sinclair informiert ist: „(Ich) war erstaunt, daß er unser Haus besser zu kennen schien als ich“ (S. 28).

Demian als allwissender Führer

Demians Rolle ist die eines allwissenden Führers; er taucht jedes Mal dann auf, wenn Sinclair vor unüberwindlichen Schwierigkeiten steht (Kromer S. 42, Wirtshauszeit S. 81 f., einsame Studienzeit S. 125, Kriegsverletzung, S. 154). Obwohl er eine von ihm unabhängige Figur ist, verkörpert Demian einen Teil Sinclairs („Das war der Blick Demians. Oder es war der, der in mir drinnen war. Der, der alles weiß.“, S. 83). Anders als Sinclair entwickelt sich Demian nicht, er stellt von Anfang an und kontinuierlich bis zum Schluss des Romans ein vollkommenes, ganzheitliches Individuum dar, das seine unbewussten Seelenaspekte in sein Bewusstsein integriert hat (vgl. S. 50). Dies verleiht ihm Macht; so scheint

Demian als vollkommenes Individuum

er das Handeln der Menschen, mit denen er Umgang hat, vorhersehen und ein Stück weit lenken zu können (vgl. S. 53). Demian kennt sein unbewusstes Selbst genau und vollzieht regelmäßig die meditative Versenkung, um neue Kraft aus sich selbst heraus zu schöpfen. Sinclair schildert den Rückzug Demians in sich selbst während einer Schulstunde:

Demians unbewusstes Selbst

> „Ich glaubte, er habe die Augen geschlossen, sah aber, daß er sie offen hielt. Sie blickten aber nicht, sie waren nicht sehend, sie waren starr und nach innen oder in eine große Ferne gewendet. Vollkommen regungslos saß er da, auch zu atmen schien er nicht, sein Mund war wie aus Holz oder Stein geschnitten. Sein Gesicht war blaß, gleichmäßig bleich, wie Stein, und die braunen Haare waren das Lebendigste an ihm. (...) Der wirkliche Demian (...) sah so aus, so wie dieser, so steinern, uralt, tierhaft, steinhaft, schön und kalt, tot und heimlich voll von unerhörtem Leben“ (S. 63 f.)

Vorbild und Ziel von Sinclairs Individuation

Demian ist Vorbild und Ziel von Sinclairs Individuation. Als Sinclair sich zunehmend selbst entdeckt und beherrscht, taucht Demian weniger auf. Bei Kriegsausbruch meldet sich Demian zu Sinclairs Erstaunen freiwillig („„Du weißt, ich bin nach außen nie gern aufgefallen und habe immer eher etwas zuviel getan, um korrekt zu sein. Ich stehe, glaube ich, in acht Tagen schon im Felde –'“, S. 149). Bei der letzten Begegnung der Freunde in einem Lazarett gibt Demian Sinclair, während er neben dem Verwundeten liegt, eine letzte Weisung:

> „Kleiner Sinclair, paß auf! Ich werde fortgehen müssen. Du wirst mich vielleicht einmal wieder brauchen, gegen den Kromer oder sonst. Wenn du mich dann rufst, dann komme ich

> nicht mehr so grob auf einem Pferd geritten oder mit der Eisenbahn. Du mußt dann in dich hinein hören, dann merkst du, daß ich in dir drinnen bin. Verstehst du?" (S. 154 f.)

Sinclair schläft ein, und als er wieder erwacht, ist Demian verschwunden – Zeichen dafür, dass Sinclair ihn in der Realität nicht mehr braucht. Der Protagonist befolgt Demians letzten Rat und schafft es, sein Urbild – Demian – in sich selbst zu finden:

Sinclair erkennt sein Urbild: Demian

> „Aber wenn ich manchmal den Schlüssel finde und ganz in mich selbst hinuntersteige, da wo im dunkeln Spiegel die Schicksalsbilder schlummern, dann brauche ich mich nur über den schwarzen Spiegel zu neigen und sehe mein eigenes Bild, das nun ganz Ihm gleicht, Ihm, meinem Freund und Führer." (S. 194)

Frau Eva

Der Name von Demians Mutter charakterisiert ihre Bedeutung für Sinclair. Er verweist auf die biblische Mutter des Menschengeschlechts, strahlt somit Würde aus und erweckt Ehrfurcht und Verehrung, was die Anrede „Frau" noch verstärkt. Dem Bild der Eva gerecht, ist sie für Sinclair auch die begehrenswerte Geliebte, personifiziert sogar seine Traumgeliebte. Sinclair beschreibt sie als „große, fast männliche Frauenfigur, ihrem Sohne ähnlich, mit Zügen von Mütterlichkeit, Zügen von Strenge, Zügen von tiefer Leidenschaft, schön und verlockend, schön und unnahbar, Dämon und Mutter, Schicksal und Geliebte." (S. 123) Er ist glücklich, als er seinem Schicksal begegnet: „Ihr Blick war Erfüllung, ihr Gruß bedeutete Heimkehr." (S. 131) Durch Frau Eva lernt er schließlich, dass er sein Schicksal nur dann findet, wenn er sich selbst treu bleibt („Ihr Schicksal liebt Sie ja. Einmal wird es Ihnen ganz

Demians Mutter

Begehrenswerte Geliebte für Sinclair

gehören, so wie Sie es träumen, wenn Sie treu bleiben.“, S. 134). Frau Eva wird sie nur von den engsten Freunden genannt; Sinclair gehört von Beginn an zu diesen. Im Hause Demians ist Sinclair Sohn, Bruder, aber auch Liebender (vgl. S. 135). Bald wird er von Frau Eva in das Geheimnis der Liebe eingeweiht, die, um Erfüllung zu erlangen, die Kraft haben müsse, in sich selbst zur Gewissheit zu gelangen (vgl. S. 140). Und Sinclair erfährt von Frau Eva das Geheimnis derer, welche das „Zeichen“ an sich tragen:

> „Uns Gezeichneten lag keine Sorge um die Gestaltung der Zukunft ob. Uns schien jedes Bekenntnis, jede Heilslehre schon im voraus tot und nutzlos. Und wir empfanden einzig das als Pflicht und Schicksal: daß jeder von uns so ganz er selbst werde, so ganz dem in ihm wirksamen Keim der Natur gerecht werde und zu Willen lebe, daß die ungewisse Zukunft uns zu allem und jedem bereit finde, was sie bringen möchte.“ (S. 137)

Als der Krieg ausbricht, spürt Sinclair seine innere Verbundenheit mit Frau Eva, sie verabschiedet sich mit einem Kuss und bestärkt den Protagonisten, mit ähnlichen Worten wie Demian: „Lieber Sinclair (...) vergessen Sie nicht: Sie kennen jetzt den Ruf, und wann immer Sie jemand brauchen, der das Zeichen trägt, dann rufen Sie wieder!“ (S. 151) Auch Demian verabschiedet sich im Lazarett von Sinclair mit einem von Frau Eva mitgegebenen Kuss (vgl. S. 155).

Pistorius

Junger Organist, Sonderling

Neuer Seelenführer für Sinclair

Gegen Ende seiner Zeit auf dem Gymnasium trifft der nunmehr 18-jährige Sinclair auf Pistorius, einem jungen Organisten und Sonderling, bei dem er für einige Zeit Zuflucht und einen neuen Seelenführer und Lehrer findet. Angezogen von Pistorius’ rauschhaftem Orgelspiel in einer kleinen Vorstadtkirche, nimmt Sinclair in einem Wirtshaus Kontakt zu dem Organisten auf, dessen Erscheinung er wie folgt beschreibt:

> „(…) sein Gesicht war so, wie ich es erwartet hatte. Es war häßlich und etwas wild, suchend und verbohrt, eigensinnig und willensvoll, dabei um den Mund weich und kindlich. Das Männliche und Starke saß alles in Augen und Stirn, der untere Teil des Gesichtes war zart und unfertig, unbeherrscht und zum Teil weichlich, das Kinn voll Unentschlossenheit stand knabenhaft da wie ein Widerspruch gegen Stirn und Blick. Lieb waren mir die dunkelbraunen Augen, voll Stolz und Feindlichkeit." (S. 94)

Anfangs misstrauisch gegenüber dem scheinbaren ‚Musikschwärmer' Sinclair, entwickelt sich ausgehend von Sinclairs Interesse an der Gottheit Abraxas, die er in Pistorius' besessener Musik zu spüren glaubt, eine enge Beziehung zwischen den beiden Seelenverwandten. Pistorius, ebenfalls ein verlorener Sohn und ein gescheiterter Theologiestudent, ist selbst ein Anhänger des rätselhaften Gottes Abraxas:

Enge Beziehung zwischen den beiden Seelenverwandten

> „(…) ich wohne bei Vater und Mutter, aber ich kann Sie ihnen nicht vorstellen, mein Umgang genießt hier im Hause keiner großen Achtung. Ich bin ein verlorener Sohn, wissen Sie. Mein Vater ist ein fabelhaft ehrenwerter Mann, ein bedeutender Pfarrer und Prediger in hiesiger Stadt. Und ich, damit Sie gleich Bescheid wissen, bin sein begabter und vielversprechender Herr Sohn, der aber entgleist und einigermaßen verrückt geworden ist. Ich war Theologe und habe kurz vor dem Staatsexamen diese biedere Fakultät verlassen. Obgleich ich eigentlich noch immer beim Fach bin, was meine Privatstudien betrifft. Was

für Götter die Leute sich jeweils ausgedacht haben, das ist mir noch immer höchst wichtig und interessant.“ (S. 97)

Wichtiger Wegbegleiter Sinclairs

Pistorius wird zu einem wichtigen Wegbegleiter Sinclairs, der ihm hilft, sowohl die Lehre von Abraxas als auch die Bedeutung des Wappen- und Traumvogels zu begreifen. Er lehrt Sinclair in der schwierigsten seiner Entwicklungsphasen, Mut und Achtung vor sich selbst zu haben, analysiert mit ihm Sinclairs Träume, Fantasien und Gedanken und ermahnt ihn, diese auch zu leben. Mit seinem Wissen über Religions- und Menschheitsgeschichte und Mythologie bringt er Sinclair zur Reflexion über die bestehenden Missstände und falschen Moralvorstellungen in der Gesellschaft (vgl. S. 100 f.).

Mitschüler Knauer

Dass mit Pistorius’ Hilfe Sinclairs Selbstvertrauen wächst, zeigt sich nicht zuletzt daran, dass er nach außen hin zunehmend Achtung gebietend erscheint. Für den sensiblen Mitschüler Knauer ist er nun selbst in der Rolle eines Max Demian und wird von Knauer, der um seiner seelischen Reinheit willen seine Geschlechtlichkeit zu unterdrücken sucht, um Hilfe gebeten. Sinclairs gewachsene Unabhängigkeit macht es unumgänglich, sich schließlich von Pistorius zu lösen, dessen eigene Träume nun auch Sinclair zu deuten imstande ist. Dank Pistorius kommt Sinclair auf seinem Weg zu sich selbst ein großes Stück voran.

3.5 Sachliche und sprachliche Erläuterungen

Vorwort

S. 7	**man schießt denn auch die Menschen (...) zu Mengen tot**	Anspielung auf den zum Zeitpunkt der Textentstehung (1917) noch wütenden Ersten Weltkrieg.
S. 8	**Eischalen**	Das Ei ist ein uraltes Fruchtbarkeitssymbol; als „Weltenei" versinnbildlicht es die Totalität der schöpferischen Kräfte.

1. Kapitel: Zwei Welten

S. 9	**Lateinschule**	Kleinere Schule, deren Hauptfach Latein war und die die Unterklassen des Gymnasiums umfasste.
S. 10	**Landjäger**	Polizisten auf dem Land.
S. 11	**Geschichten von verlorenen Söhnen**	Anspielung auf das biblische Gleichnis vom verlorenen Sohn, Lk 15, 11–32.

2. Kapitel: Kain

S. 27	**Demian**	Der Name ist möglicherweise eine Anspielung auf das *Daimonion* (der Dämon, Schutzgeist) der alten Griechen, die göttliche „innere" Stimme, wie sie in den Dialogen Platons Sokrates vernimmt und die ihn vor unrechten Handlungen abhält, d. h. das Gewissen. Auch Sinclair hat mitunter das Gefühl, Demians Stimme käme aus seinem Inneren, vgl. S. 39.

	die Geschichte von Kain und Abel	Vgl. im Alten Testament 1. Mose 4, 1–15. In der Literaturgeschichte wurde Abels Ermordung zunächst als Urbild für den Opfertod Jesu gedeutet, Kain galt als Tyrannenfigur. Seit Lord Byrons Versdrama *Cain* (1821) wurde Kain auch als Empörer verstanden. Beliebt war Kain als Figur im Expressionismus (z. B. Anton Wildgans, *Kain*, 1920; Albert Paris Gütersloh, *Kain und Abel*, 1924).[25]
S. 29	**Sperber**	Im alten Ägypten ein Sonnensymbol, Vogel des Horus. Da beim Sperber das Weibchen deutlich größer als das Männchen ist, gelegentlich auch ein Symbol der Vorrangstellung der Frau.
	dem Zeichen auf seiner Stirn	Das von Gott verliehene Kainsmal, das den Mörder Abels als allein von Gott zu Richtenden ausweist. „Und der Herr machte ein Zeichen an Kain, dass ihn niemand erschlüge, wer ihn fände" (1. Mose 4, 15). Im Roman dient das Kainsmal als Auszeichnung und Erkennungsmerkmal der Erwachten, vgl. S. 126.
S. 34	**Mordfall auf meinen Vater**	Aus psychoanalytischer Sicht ein Hinweis auf den Ödipuskomplex, wonach jedes männliche Kind im unbewussten Begehren nach der Mutter den um die Gunst der Mutter konkurrierenden Vater zu ermorden wünscht. Literaturgeschichtlich hat das Motiv seinen Ursprung in Sophokles' antikem Drama *König Ödipus* (vor 425 v. Chr.).
S. 44	**das verlorene Paradies**	Nach 1. Mose 3 verlieren Adam und Eva, nachdem sie die verbotene Frucht vom Baum der Erkenntnis gegessen haben, ihre Unschuld, müssen zwischen Gut und Böse unterscheiden und werden aus dem Paradies vertrieben.
	Heimkehr des verlorenen Sohnes	Anspielung auf das biblische Gleichnis vom verlorenen Sohn, Lk 15, 11–32.

25 Vgl. Auguste Brieger: *Kain und Abel in der* deutschen *Dichtung*. Berlin, Leipzig: de Gruyter, 1934.

S. 46	**Kainiten**	Mit diesem Namen werden die Anhänger einer gnostischen Sekte des 2. Jahrhunderts bezeichnet, die Sünderfiguren des Alten Testaments wie Kain, Esau oder Korach verehrten. Auch sahen sie im Unterschied zu den Evangelisten des Neuen Testaments Judas Ischariot nicht als Verräter, sondern als den eigentlichen Erlöser, als ein notwendiges Werkzeug, um die Heilsgeschichte zu vollenden. Unter Gnosis (griech. Erkenntnis) versteht man spätantike religiöse Geheimlehren, die von einer Erlösung des in der Materie gefangenen Menschen durch die Erkenntnis Gottes ausgingen; die offizielle Kirche bekämpfte sie als Irrlehren.
	Ketzerei	Von lateinisch *catharus*, Katharer; im Mittelalter entstandene Bezeichnung für religiöse Bewegungen, die von der Lehre der katholischen Kirche abweichen.

3. Kapitel: Der Schächer

S. 46	**Schächer**	Räuber, Mörder. Vgl. im Neuen Testament Lk 33, 39–43.
S. 47	**Urtrieb**	Gemeint ist die Sexualität.
	das Doppelleben des Kindes	Anspielung auf die Onanie (Selbstbefriedigung), die um 1900 noch als ein die Gesundheit gefährdendes, streng verbotenes Laster bzw. aus kirchlicher Sicht als Sünde galt.
S. 49	**Glosse**	Randbemerkung, spöttische Bemerkung.
S. 50	**etwas von einem Frauengesicht darin**	Hier wie auch an weiteren Stellen des Romans wird die philosophische und psychoanalytische Vorstellung von der Androgynität ausgedrückt, wonach jeder Mensch von seiner ursprünglichen, ganzheitlichen Anlage her männliche wie weibliche Charakteristiken in sich vereinigt. Durch die Erziehung erfolgt die Festlegung auf nur ein Geschlecht, was sich als Verlust der ursprünglichen Ganzheit deuten lässt.
S. 53	**Katechismus**	Lehrbuch für den christlichen Glaubensunterricht.

S. 58	**Actus tragicus**	Kantate BWV (Bach-Werke-Verzeichnis) 106 von Johann Sebastian Bach („Gottes Zeit ist die allerbeste Zeit“).
	die Sache mit den beiden Schächern	Vgl. Lk 23, 40–43.
S. 62	**Orden des Gedankens und der Persönlichkeit**	Die zeittypische Vorstellung vom Orden einer geistigen Elite hat Hesse ausführlicher gestaltet in *Die Morgenlandfahrt* und in *Das Glasperlenspiel*.
S. 63	**wie eine Schildkröte**	Die Schildkröte spielt in fernöstlichen Mythologien eine große Rolle, meist als Stütze oder Trägerin des Universums, Mittlerin zwischen Himmel und Erde, Symbol für Unsterblichkeit und Weisheit.
	Da sah ich meinen Freund sitzen	Die Beschreibung erinnert an fernöstliche Meditationstechniken, die durch Konzentration z. B. auf den eigenen Atem oder eine Kerzenflamme zu einer völligen Abwendung von der Außenwelt und im Idealfall zu einer Einswerdung mit dem Göttlichen, Absoluten führen wollen.

4. Kapitel: Beatrice

S. 68	**Heinrich Heine**	(1797–1856), deutscher Dichter und Publizist.
S. 70	**Schweinigel**	Umgangssprachlich für schmutziger oder ordinärer Mensch.
S. 71	**Bach**	Johann Sebastian Bach (1685–1750); bedeutendster deutscher Komponist des Barock.
	Allotria	Unfug, Dummheiten.
S. 72	**Renommieren**	Angeben, prahlen.
S. 73	**ein verschlossenes Edentor mit erbarmungslos strahlenden Wächtern**	Anspielung auf die Cherubim (Engel), die nach der Vertreibung des ersten Menschenpaares das Paradies bewachen und eine Rückkehr der Vertriebenen verhindern. Vgl. 1. Mose 3, 24.

S. 76	**Beatrice**	Anspielung auf die Jugendliebe Dante Alighieris (1265–1321), die der italienische Dichter in seinen Werken (*Vita Nuova* und *Die Göttliche Komödie*) verewigt hat.
	eine englisch-präraffaelitische Märchenfigur	Gemeint ist hier wohl das Bild *Beata Beatrix* (1863–1870) von Dante Gabriel Rossetti (1828–1882). Die Präraffaeliten waren eine 1848 in London gegründete Künstlervereinigung, deren Werke sich durch klare Linearität und starke Farbigkeit auszeichnen.
S. 78	**halb männlich, halb weiblich**	Vgl. Erläuterung zu S. 50.
S. 80	**mein Dämon**	Vgl. Erläuterung zu S. 27.
	Nietzsche	Friedrich Nietzsche (1844–1900), deutscher Philosoph; nach 1900 *der* Vordenker für alle künstlerischen und literarischen Neuerungsbewegungen. Eine seiner zentralen Ideen war die „Umwertung der (christlichen) Werte" – wie sie auch in Demians Deutung der Kainsgeschichte zum Ausdruck kommt. Ein viel zitiertes, für *Demian* wichtiges Diktum Nietzsches lautet: „Werde, was du bist!" (sinngemäß nach *Menschliches, Allzumenschliches* I, 263).
	Novalis	Georg Philipp Friedrich Freiherr von Hardenberg (1772–1801), Dichter der Romantik.
	„Schicksal und Gemüt sind Namen eines Begriffs"	Zitat aus dem 2. Teil („Die Erfüllung") von Novalis' Romanfragment Heinrich von Ofterdingen (herausgegeben 1802).[26]
S. 81	**den Philistern**	Spießbürger, kleinbürgerliche Menschen.
S. 82	**das Bacchische**	Inbegriff für wild, freudetoll und trunken. Abgeleitet von Bacchanal, dem oft ausschweifend begangenen Fest des griech. Gottes Dionysos bzw. des röm. Gottes Bacchus.

26 Vgl. Novalis: *Werke in einem Band*. Hrsg. v. Hans-Joachim Mähl u. Richard Samuel. München: Hanser, 1984, S. 377: „(...) dass Schicksal und Gemüt Namen eines Begriffs sind."

	den Faust vorstellen	Gemeint ist die Figur des nach Erkenntnis und Erlösung strebenden Faust aus Goethes gleichnamiger Tragödie.
	den Mystiker	Die Mystik ist eine in allen Weltreligionen zu findende Form der Religiosität, bei der durch Versenkung oder Hingabe eine persönliche Erfahrung oder Einswerdung mit dem Göttlichen angestrebt wird (z. B. durch Meditation).
	der heilige Augustin	Augustinus (354–430), römischer Kirchenvater, der in seinen *Bekenntnissen* von seinem ausschweifenden Leben vor seiner Bekehrung berichtet.
S. 85	**In einer dunkeln Weltkugel, aus der er sich wie aus einem riesigen Ei heraufarbeitete**	Vgl. Erläuterung zu S. 8.

5. Kapitel: Der Vogel kämpft sich aus dem Ei

S. 86	**Billetts**	Zettel, Briefchen.
S. 87	**Abraxas**	Gnostische Gottheit, die ursprünglich aus der Lehre des Basilides aus Antiochia um 130 n. Chr. stammt und die das höchste Urwesen verkörpert, aus dem die fünf Urkräfte Geist, Wort, Vorsehung, Weisheit und Macht hervorgingen. Nach dieser Lehre wurden Gemmen (Edelsteine oder Halbedelsteine mit vertieft eingeschnittenem Bild) hergestellt, die ein Fabelwesen mit Menschenleib, Hahnen- oder Vogelkopf und Schlangenfüßen darstellten. Abraxas stellt den Gott, der das Teuflische in sich einschließt, dar.
S. 87	**Herodot**	Griechischer Historiker um 490–425 v. Chr., gilt als „Vater der Geschichtsschreibung“.

S. 89	**ein bestimmter Traum**	Auch dieser Traum ist psychoanalytisch gesehen deutlich ödipal (Mutter) geprägt, vgl. Erläuterung zu S. 34.
S. 91	**Plato**	(427–348/347 v. Chr.), griech. Philosoph.
S. 93	**Reger**	Max Reger (1873–1916), deutscher Komponist.
S. 98	**das Feuer-anbeten**	Das Feuer gilt als Symbol der Reinigung und Erneuerung, ebenso der Sexualität, seine Zerstörungskraft als Mittel zur Neugeburt.
	Pistorius	Die Figur ist nach dem Vorbild von Hesses Psychotherapeuten Dr. Josef Bernhard Lang (1883–1945), einem Schüler von C. G. Jung (1875–1961), geschaffen. Spuren von Lang sind u. a. in *Der Steppenwolf* zu finden. Sinclairs Gespräche mit Pistorius dürften in Hesses therapeutischen Gespräche und Traumanalysen mit Lang ihr Vorbild haben.[27]
	Passacaglia	Italienischer Tanz aus dem 17. Jahrhundert in langsamem Dreivierteltakt.
	Buxtehude	Dietrich Buxtehude (1637–1707), Orgelmeister und Komponist, der bedeutendste unmittelbare Bach-Vorgänger.
S. 99	**bizarre Formen der Natur**	Vgl. den Anfang von Novalis' *Die Lehrlinge zu Saïs:* „Mannichfache Wege gehen die Menschen. Wer sie verfolgt und vergleicht, wird wunderliche Figuren entstehen sehn; Figuren, die zu jener großen Chiffernschrift zu gehören scheinen, die man überall, auf Flügeln, Eierschalen, in Wolken, im Schnee, in Krystallen und in Steinbildungen, auf gefrierenden Wassern, im Innern und Äußern der Gebirge (...) erblickt."[28]
S. 100	**Leonardo da Vinci**	(1452–1519), italienischer Maler, Bildhauer, Baumeister, Techniker, Naturforscher in der Zeit der Hochrenaissance.

27 Vgl. zu J. B. Lang Michels (Hrsg.), *Leben in Bildern und Texten*, S. 153, sowie Hesse, *Briefwechsel mit Lang*, Vorwort.

28 Novalis, *Werke in einem Band*, S. 201. Schreibweise im Original wurde beibehalten.

	Ebenso wie unsere Körper die Stammtafeln der Entwicklung bis zum Fisch	Eine um 1900 populäre Vorstellung, die der deutsche Zoologe Ernst Haeckel (1834–1919) im „biogenetischen Grundgesetz" formulierte, wonach die Individualentwicklung eines Lebewesens (Ontogenese) eine Wiederholung der Stammesentwicklung (Phylogenese) darstelle.
S. 101	**Herrnhuter**	Aus dem Pietismus hervorgegangene evangelische Frei- bzw. Brüdergemeinde, gegründet von deren späterem Bischof Nikolaus Ludwig Graf von Zinzendorf (1700–1760).
	Gnostiker	Vgl. Erläuterung zu S. 46.
	Zoroaster	Zarathustra (um 630–um 553 v. Chr.), altiranischer Religionsstifter. Die Figur wurde um 1900 populär durch Nietzsches Schrift *Also sprach Zarathustra – Ein Buch für Alle und Keinen* (1883–1884).

6. Kapitel: Jakobs Kampf

S. 105	**Mysterien**	Geheimkulte, die nur Eingeweihten zugänglich sind und ein persönliches Verhältnis zu der verehrten Gottheit vermitteln wollen.
S. 108	**Spiritist**	Anhänger des um 1900 populären Glaubens an Erscheinungen von Seelen Verstorbener, mit denen man durch ein Medium zu verkehren suchte.
	Theosoph	Anhänger einer religiösen Richtung, die in meditativer Berührung mit Gott den Weltbau und den Sinn des Weltgeschehens erkennen will.
	Weiße Magie	Heil bringende Magie in Absetzung von „schwarzer", böser Magie.
S. 109	**ein Laster getrieben**	Gemeint ist die Onanie.
S. 112	**den Kampf Jakobs mit dem Engel**	Vgl. 1. Mose 32, dort auch das Zitat „Ich lasse dich nicht, du segnest mich denn." (1. Mose 32, 27)

	Erinnerungen (...) bis in Vorexistenzen und frühe Stufen des Werdens	Im Unterschied zur Psychoanalyse Freuds ging C. G. Jung davon aus, dass das Unbewusste nicht nur individuelle, sondern auch kollektive Inhalte besitzt, die der Stammesgeschichte der Menschheit entstammen, so genannte archetypische Symbole.
S. 114	**Veden**	Name der ältesten heiligen Schriften der Inder, deren früheste vermutlich bis um 1250 v. Chr. zurückreichen.
	Om	Mystische Silbe in heiligen Texten der Hindus und Buddhisten (in der Bedeutung „das Vollkommene", „die Vollendung"). Vgl. Hesses Roman *Siddhartha. Eine indische Dichtung.*
S. 115	**Kabbala**	Die geheimen Lehren und Schriften der mittelalterlichen jüdischen Mystik.
S. 120	**Mithras**	Eine aus Persien stammende römische Göttergestalt des 2. Jahrhunderts, Gott des Lichts und der Sonne, Spender von Fruchtbarkeit, Frieden und Sieg. Der Mithras-Kult konkurrierte eine Zeit lang mit dem sich ausbreitenden Christentum, unterlag diesem aber im 3. Jahrhundert.
S. 122	**Gethsemane**	Garten am Ölberg bei Jerusalem, wo Jesus gefangen genommen wurde.

7. Kapitel: Frau Eva

S. 123	**Frau Eva**	Der Name verweist auf die Eva der Bibel, die Stammesmutter der Menschheit, die sich nach 1. Mose 3 von der Schlange verführen ließ, vom Baum der Erkenntnis zu essen. Im Roman Verkörperung des Weiblichen in all seinen Aspekten (Mutter, Geliebte, Schwester) und der Weisheit, aus der Sicht C. G. Jungs, die Verkörperung von Sinclairs „Anima", der unbewussten weiblichen Seite seiner Psyche.

S. 125	**das Jungmännerhaus in einem Negerdorfe**	In vielen Stammeskulturen gehört es zum Initiationsprozess, dass sich die heranwachsenden Männer in einer bestimmten Phase von ihren Eltern trennen und in eigenen Häusern zusammenleben, wo sie sich Mannbarkeitsritualen unterziehen, ehe sie eine eigene Familie gründen dürfen.
S. 127	**der Signatur dieser Zeit**	Das Gefühl von einer faulenden, sterbenden, auf seine Wiedergeburt wartenden Gegenwart war in der Zeit vor 1914 weit verbreitet, zumal in der Generation der jungen Intellektuellen. Vgl. Kapitel 2.2 dieser Erläuterung.
S. 136	**ein Anhänger des Grafen Tolstoi**	Lew Nikolajewitsch Graf Tolstoi (1828–1910), russischer Schriftsteller, Autor von *Krieg und Frieden* (1868/1869) und *Anna Karenina* (1878), der nach 1880 mit der Amtskirche in Konflikt geriet, weil er für eine Rückkehr zur ursprünglichen Lehre Jesu warb und für Nächstenliebe und bedingungslose Gewaltlosigkeit eintrat. Sein religiös-ethisches Alterswerk fand um 1900 in ganz Europa zahlreiche Anhänger.
S. 137	**Denn es hatte die ganze Welt gewonnen, um seine Seele darüber zu verlieren**	Anspielung auf Mk 8, 36: „Was hülfe es dem Menschen, wenn er die ganze Welt gewönne und nähme an seiner Seele Schaden?"
S. 138	**Bismarck**	Otto Fürst von Bismarck (1815–1898), Gründer des Deutschen Reichs und erster Reichskanzler (1871–1890), der 1878 mit dem „Sozialistengesetz" die „gemeingefährlichen Bestrebungen" der Sozialdemokratie bekämpfte (Versammlungs-, Organisations- und Publikationsverbot). Das Gesetz wurde bis 1890 regelmäßig verlängert.
	Loyola	Ignatius von Loyola (1491–1556) gründete 1534 den Jesuitenorden und wurde 1541 in Rom dessen erster General.

8. Kapitel: Anfang vom Ende

S. 149	**der großen Spannung mit Rußland**	Nachdem das mit Deutschland verbündete Österreich-Ungarn Serbien am 28. Juli 1914 den Krieg erklärt hatte, schaltete sich Russland, das sich als Schutzmacht Serbiens verstand, in den Konflikt ein, der sich rasch, aufgrund verschiedener Bündnisverpflichtungen, zum Ersten Weltkrieg ausweitete.
S. 150	**das große Rad**	Das kreisförmige Rad als Symbol für Werden und Vergehen spielt vor allem im Buddhismus eine wichtige Rolle („Rad des Lebens"). Bei C. G. Jung ein Symbol für die Einheit in der Vielheit.
S. 153	**über den hohen, flandrischen Himmel**	Im Oktober/November 1914 fand die erste Flandernschlacht („Ypernschlacht", „Langemarck") statt, bei der die deutschen Truppen vergeblich versuchten, Zugang zu den Kanalhäfen Calais und Dünkirchen zu erlangen.
S. 154	**Ich lag in einem Stall auf Stroh**	Wohl eine Anspielung auf die Geburt Jesu im Stall.
S. 155	**wo im dunklen Spiegel die Schicksalsbilder schlummern**	Der Blick in den Spiegel führt zur Selbstbegegnung. Anspielung auf den Mythos des Narziss. Vgl. dazu das *magische Theater* in *Der Steppenwolf*, die Selbstschau im Archiv des Bundes der Oberen in *Die Morgenlandfahrt* und in *Das Glasperlenspiel* die Konfrontation des Menschen mit sich selbst in der Meditation.

3.6 Stil und Sprache

ZUSAMMEN-FASSUNG

Grundsätzlich ergeben sich Sprache und Stil des Romans aus ihrer Funktion, das im Vorwort eingeführte Programm umzusetzen. Da der Erzähler seinen Weg zur Individuation dem Leser als Vorbild für den Leser empfiehlt, stehen seine sprachlichen Mittel ebenfalls im Dienste dieser **Appellfunktion**. Der fiktive Erzähler Emil Sinclair erzählt seine Geschichte; er ist kein Dichter, distanziert sich sogar von diesen, will nur von seinem Lebensweg Zeugnis ablegen. **Parataktischer Satzbau,** der das schnelle Verständnis fördert, und rhetorische Stilfiguren sowohl zur Beeinflussung der Charaktere innerhalb des Geschehens (Demian – Sinclair) als auch des Lesers sind die wichtigsten Charakteristika.

Demian auch in sprachlicher Hinsicht Neuanfang

Psychologisches Erzählen, emotionalisierte Sprache

Symbolsprache voller Pathos

Innerhalb von Hesses Werk stellt *Demian* auch insprachlicher Hinsicht einen Neuanfang dar. Hesse wollte sein ihm verhasstes Image des Unterhaltungsschriftstellers überwinden. Um den Weg nach innen, der ihm angesichts seiner persönlichen wie der gesellschaftlichen Krise notwendig schien, auch in sprachlicher Hinsicht umzusetzen, entwickelt Hesse für diesen Roman eine Form des psychologischen Erzählens, die sich durch eine stark emotionalisierte Sprache auszeichnet, die sich an einigen Stellen bis hin zu Formen religiösen bzw. lyrischen Sprechens steigert. Die traumhaften Erlebnisse und Erfahrungen des Ich-Erzählers werden dabei dem Leser in einer umschreibenden, bildhäufenden Symbolsprache voller Pathos auf eine emotional intensive Weise vermittelt.

Einige Beispiele der dazu von Hesse angewandten sprachlichen Mittel:

SPRACHLICHES MITTEL	ERKLÄRUNG	TEXTBELEG
reihende Aufzählung	Aufzählung ähnlicher oder gleich lautender Aussagen	„Zu dieser Welt gehörte milder Glanz, Klarheit und Sauberkeit, hier waren sanfte freundliche Reden, gewaschene Hände, reine Kleider, gute Sitten (...)" (S. 9)
Exkurs	Ausführungen, die nicht unmittelbar zur Sache gehören	„Ach, das weiß ich heute: nichts auf der Welt ist dem Menschen mehr zuwider, als den Weg zu gehen, der ihn zu sich selber führt!" (S. 45)
rhetorische Frage	Frage, deren Antwort bereits feststeht	„Sie werden doch wohl nicht alle Zweibeiner, die da auf der Straße laufen, für Menschen halten, bloß weil sie aufrecht gehen und ihre Jungen neun Monate tragen?" (S. 101)
(zeitlicher) Sprung	Weglassen eines Zwischengliedes	„Wenn ich es mir heute überlege, wie er damals als Schüler aussah, so kann ich sagen: er war in jeder Hinsicht anders (...)" (S. 28)
Antithese	Gegensatz, Zusammenstellung entgegengesetzter Begriffe	„Sie war beides, beides und noch viel mehr, sie war Engelsbild und Satan, Mann und Weib in einem, Mensch und Tier, höchstes Gut und äußerstes Böses." (S. 90)
Anapher	Wiederholung am Satzanfang	„Das war mein Traumbild! Das war sie (...) Das war sie!" (S. 123)
Bildhäufung	Anhäufung von Metaphern	„Dämon und Mutter, Schicksal und Geliebte (...)" (S. 123)
Parallelismen	Wiederholung der Satzkonstruktion	„(...) schön und verlockend, schön und unnahbar (...)" (S. 123)

3.7 Interpretationsansätze

ZUSAMMEN-FASSUNG

Für eine thematische Interpretation von *Demian* bietet sich die Deutung der Erzählung unter dem Gesichtspunkt der Figurenkonstellation an, wobei man Demian und Frau Eva als **Projektionen** von Sinclairs Psyche lesen kann. Zudem lässt sich Sinclairs Entwicklung als **ideologisches Modell** für Hesses Weltsicht interpretieren, ebenso wie das Motiv der **Gralssuche** und die **Aktualität** und psychologische Bedeutung des Demian herausgearbeitet werden können.

Demian und Frau Eva – Projektionen von Sinclairs Psyche

Frau Eva und Demian als Yin und Yang

Adrian Hsia geht von der Annahme aus, dass sowohl Demian als auch seine Mutter Frau Eva Projektionen von Sinclairs Psyche darstellen. Hsia wendet die altchinesische Lehre von der Verbindung des männlichen und des weiblichen Prinzips, die auch in der Lehre C. G. Jungs eine wichtige Rolle spielt, auf die beiden Figuren an:

> „Frau Eva und Demian scheinen dem Yin- und Yang-Prinzip zu entsprechen, wie es in der Figur Tai Gi erscheint, die in Richard Wilhelms Übersetzung des *Tao Te King* abgebildet und erklärt ist, die Hesse (...) bekannt war. Tai Gi bedeutet Uranfang und liegt diesseits von Tao. Die schwarze Hälfte ist Yin, das weibliche Prinzip, das zugleich einen weißen Kreis mit schwarzem Punkt enthält. Das Weiße ist Yang, das männliche Prinzip. Die Zusammensetzung bedeutet, dass Yin das männliche Prinzip enthält und umgekehrt. Auf Frau Eva und Demian übertragen bedeutet das, Frau Eva hat auch männliche Züge, obwohl das Weibliche überwiegt. Umgekehrt verhält es sich mit Demian.

Das Zusammenwirken von Yin und Yang bewirkt die Schöpfung und Wandlung alles Seienden. Da Eva und Demian das Innere Sinclairs ausmachen, kann er zu Recht sagen, dass in ihm die ganze Natur abgebildet sei. Hesse hat Yin und Yang als Bilder nach außen projiziert. Sinclairs Selbstwerdung besteht aus der bildlichen Rückkehr der beiden Prinzipien in ihn."[29]

Yin-Yang-Zeichen

In der chinesischen Philosophie des Taoismus sind Yin und Yang zwei konträre kosmologische Grundprinzipien: Das Prinzip Yin steht für das Negative, Dunkle, Weibliche, für Erde und Passivität. Das Prinzip Yang steht für das Positive, Helle, Männliche, die Aktivität, den Himmel. Dieser Lehre zufolge ist die Einheit des Uranfangs in diese beiden Pole zerfallen. Die beiden Prinzipien sind voneinander abhängig und stehen sich nicht feindlich gegenüber, sondern nehmen aufeinander Einfluss bzw. dominieren abwechselnd zu bestimmten Zeitabschnitten. In der Psychologie C. G. Jungs ist das Yin-Yang-Zeichen ein sogenanntes vereinigendes Symbol. Es steht für Ganzheit und für die von jedem Individuum zu leistende Aufgabe, die Gegensätze in sich selbst zu vereinigen.[30]

Vereinigendes Symbol

---

29 Zitiert nach: Field, S. 91 f.
30 Vgl. Jacobi, S. 135–140.

Sinclairs Entwicklung als ideologisches Modell für Hesses Weltsicht

In seiner Untersuchung des Bildes vom Jugendlichen in *Demian* deutet Klaus Karlstetter die dargestellten pubertären Entwicklungslinien von Sinclairs 10. bis zu seinem 18. Lebensjahr als erzählerisches Mittel des Autors, um seine ideologischen Ansichten deutlich zu machen:

Abkehr vom Äußerlichen, Weg nach ‚Innen'

> „Hesse trifft (…) genau die Stimmungslage des Jugendlichen in der Phase der Pubertät, in der ihn die Beschäftigung mit dem eigenen Gefühlsleben von seiner Umwelt isoliert, das Interesse an der Außenwelt absorbiert. Doch geht es ihm nicht so sehr um die Darstellung dieser pubertären Entwicklungslinien, sondern um das Ideal des Menschen schlechthin, von dem er glaubt, dass es nur in der Abkehr von allem Äußerlichen auf dem Wege nach ‚Innen' gefunden werden kann. Indem er dabei auf allgemeine Tatbestände und Erfahrungen der jugendlichen Entwicklung zurückgreift – er tut dies nur teilweise, denn Sinclairs Entwicklung soll ja durchaus als etwas Besonderes, nicht der Norm Entsprechendes verstanden werden –, schafft er eine gemeinsame Erfahrungsgrundlage zwischen sich und dem Leser, die es erst ermöglicht, das Neue, das er zu vermitteln wünscht, verständlich zu machen. Die Entwicklung eines Jugendlichen, wie Hesse sie darstellt, wird so zu einem verstehbaren Modell, das Hesses Weltsicht anschaulich erfahrbar werden lassen soll."[31]

---

31 Karlstetter, S. 37.

Demian und die Suche nach dem Gral

Hesses Gral ist im Roman die Selbsterkenntnis

Der Hesse-Forscher Theodore Ziolkowski deutet den *Demian*-Roman vor dem Hintergrund des mittelhochdeutschen *Parzival*-Epos und stellt Hesses Roman in die literarische Tradition der Suche nach dem Heiligen Gral. Den Gral – das Ziel der Suche – bildet in *Demian* die Selbsterkenntnis:

Vergleich *Demians* mit *Parzival*

> „Unsere eigene Suche nach der Aussage des *Demian* wird unterstützt von der Tatsache, dass Hesse als Schriftsteller innerhalb der deutschen Tradition steht; und die instinktive Reaktion des gebildeteren Deutschen auf das Schlüsselwort ‚Suche' ist fast genau voraussehbar – sie ist: Parzival und die Suche nach dem Heiligen Gral. (…) Wie der Gralskönig steht auch Demian an der Spitze eines geistig verwüsteten Landes und ist umgeben von einer Gruppe guter Freunde – bildlich gesehen: der Gralsritter –, die sich nach der geistigen Erneuerung bzw. Wiedergeburt der Gesellschaft sehnen. Diese Wiedergeburt muss durch die Kraft einer geistigen Erneuerung geschehen, wie sie Demians Mutter ‚Frau Eva' repräsentiert. ‚Ich glaube, ich bin mein ganzes Leben lang immer unterwegs gewesen – und jetzt bin ich heimgekommen', sagt Sinclair, als er endlich Frau Eva kennen lernt. Wenn Demian eine Verkörperung des Fischerkönigs [d. i. der Hüter der Gralsburg im *Parzival*-Epos] darstellt, sein Zuhause die Gralsburg und die Ideen der Frau Eva den Gral selbst – dann können wir in Sinclairs Leben das vorgegebene Muster des suchenden Parzival verfolgen, auch wenn sein Ziel letztlich ein Finden der eigenen Identität ist. Denn Sinclair sieht ein, dass Frau Eva ‚nur ein Sinnbild seines Innern' ist und ihn eigentlich ‚tiefer in sich selbst hineinführen' will. (…) Das Ziel der Suche ist nun nicht mehr greifbar oder konkret, wie der Gral, sondern es liegt in der Selbsterkenntnis des Protagonis-

> ten. (…) der Gral [wird in *Demian*] so völlig nach innen verlegt und vergeistigt, dass er identisch mit dem ganz persönlichen Selbst geworden ist".[32]

Die Aktualität und psychologische Bedeutung des *Demian*

Therapeutische Funktion

Eugen Drewermann, der bekannte Theologe und (den Theorien C. G. Jungs nahestehende) Psychotherapeut, interpretiert die therapeutische Funktion des *Demian* unter besonderer Betrachtung der Aktualität des Romans:

> „Der Psychotherapeut wie der Dichter leisten im Kampf um die Persönlichkeit etwas menschlich Entscheidendes, etwas in die Zukunft Weisendes, indem sie indirekt zeigen, dass man die moralischen Wertungen *abbauen* muss, wenn man dem anderen nahekommen will, und auch er selber muss versuchen, die moralische Dauerzensur seines Über-Ichs[33] zu *unterlaufen*. Bis in unsere Träume hinein wirkt sich das Schema jener Sittlichkeit aus, das wir in Kindertagen schon in uns aufgenommen haben. Doch wenn wir nur so sein wollen, wie man uns als Kinder schon hat haben wollen, dann lernen wir niemals, erwachsen zu werden und die Wahrheit unseres eigenen Lebens zu finden. (…) Ein Ich, das sich entfaltet und verändert, überwindet Dogmen und Grenzen', schrieb Siegfried Unseld über Hesses ‚Weg nach innen'. Es scheint, dass gerade hierin einer der Hauptgründe für die bleibende Aktualität Hermann Hesses zu suchen ist. (…) Worauf es *religiös* heute ankommt, hat Hermann Hesse

---

32 Ziolkowski, S. 65–88.

33 Das Über-Ich ist in der Psychoanalyse jene Instanz des Selbst, die die moralischen Forderungen und idealen Strebungen repräsentiert, populär gesagt, das Gewissen. Es unterdrückt (zensiert) die anarchischen Wünsche aus dem Unbewussten.

schon im *Demian* und im *Siddhartha* erstaunlich klar gesehen: Es geht um die Entwicklung einer Frömmigkeit, die prinzipiell undogmatisch ist, lernbereit, offen und universell, ohne die Begrenzungen bestimmter Denktraditionen und kultureller Schranken, die aus der Freiheit des Einzelnen geboren wird, aus seinem Mut zur Wahrhaftigkeit, aus der Bejahung auch des ‚Unheimlichen' im Menschen, aus der Integration der unbewussten, von der bisherigen Religion und Moral verdrängten Inhalte der Psyche, und die für ein neues Verhältnis zwischen Mensch und Natur eintritt, umfassender, ehrlicher, unvoreingenommener auch hier, ohne den Schutz der Anthropozentrik[34] der biblischen Schöpfungsmythe. Der Gott *Abraxas*, eine Macht jenseits von Gut und Böse, ein Geheimnis, das sich nur enthüllt, wenn man auf die menschlichen Wertungen der Welt insgesamt verzichtet, wird da bei H. Hesse zur Chiffre einer neuen Ursprünglichkeit, in der ‚Heidnisches' und ‚Christliches', Naturhaftes und Personales, Absurdes und Weises zu einer Einheit verschmelzen."[35]

Entwicklung einer undogmatischen Frömmigkeit

Abraxas als Chiffre einer neuen Ursprünglichkeit

---

34 Anthropozentrisch: den Menschen in den Mittelpunkt stellend.
35 Drewermann, S. 34–40.

4. REZEPTIONSGESCHICHTE

ZUSAMMENFASSUNG

Nach Erscheinen lobte man die außergewöhnliche Wirkung des *Demian*-Romans auf die Leserschaft nach Ende des Zweiten Weltkrieges ebenso wie dessen Aktualität und Zeitlosigkeit. Die Jugendbewegung der 1960er feierte begeistert Hesse und seinen Roman.

Außergewöhnliche Wirkung des Romans

Thomas Mann beschreibt 1937 in einem Essay zum 60. Geburtstag Hesses anschaulich, welch außergewöhnliche Wirkung der Roman bei seinem Erscheinen nach Kriegsende auf die Leserschaft ausübte:

Demian traf den „Nerv der Zeit"

> „Unvergesslich ist die elektrisierende, die hochsensationelle Wirkung, welche vor zwanzig Jahren der *Demian* eines gewissen Sinclair übte, eine Dichtung, die mit geheimnisvoller Genauigkeit den Nerv der Zeit traf und eine ganze Jugend, die wähnte, aus ihrer Mitte sei ihr ein Künder ihres tiefsten Lebens erstanden, zu dankbarem Entzücken hinriss."[36]

Thomas Manns Tagebuch zeigt, dass auch ihn damals diese ‚elektrisierende Wirkung' erfasste, ihn *Demians* Qualitäten jedoch im Hinblick auf seinen gerade entstehenden Roman *Der Zauberberg* beunruhigten. Am 30./31. Mai 1919, als er noch nicht wusste, wer sich hinter ‚Emil Sinclair' verbarg, notierte Mann:

36 Hermann Hesse – Thomas Mann, *Briefwechsel*, S. 123.

> „Las die Erzählung von Sinclair weiter, mit größter Teilnahme, großer Achtung und auch Unruhe, weil mir das ‚psychoanalytische' Element darin entschieden geistiger und bedeutender verwendet scheint als im *Zauberberg*, aber stellenweise auf merkwürdig ähnliche Art (…). Beendete mittags im Park Sinclairs *Demian*, der wie der *Zauberberg* im Krieg mündet."[37]

Alfred Döblin, der spätere Autor des Romans *Berlin Alexanderplatz*, kommentierte 1919 begeistert, dass Hesses *Demian* „die urgeborene Amoralität" ans Licht hebe und an das Wesentliche rühre. Und C. G. Jung schrieb Hesse im selben Jahr: „Ihr Buch wirkte auf mich wie das Licht eines Leuchtturms in einer Sturmnacht."[38]

Wie das Licht eines Leuchtturms in einer Sturmnacht

Doch nicht nur bei seinem Erscheinen fand der Roman begeisterte Leser, auch später nahmen vor allem junge Leser Hesses Identifikationsangebot dankbar an und fanden in dem Buch Orientierung und Sinnstiftung. Horst Krüger erinnerte sich 1984 in der *FAZ*, *Demian* habe ihn „in der Nazizeit wie kein anderer deutscher Roman bewegt und betroffen. (…) Vor allem enthielt das Buch eine klare Botschaft. Sie hieß: Glaube nicht an den Mächtigen dieser Welt. Der Bürger lügt."[39] Auch in den 1960er Jahren fand sich die revoltierende Jugendbewegung in den USA und in Europa nicht nur in Hesses *Steppenwolf* und *Siddhartha*, sondern auch im *Demian* wieder. Noch in der Zeit zwischen 1973 und 1993 wurden von dem Roman allein in Deutschland mehr als eine Million Exemplare verkauft.[40]

Jugendbewegung der 1960er feiert Hesse – und auch *Demian*

---

37 Zitiert nach: Unseld, *Werk und Wirkungsgeschichte*, S. 78.
38 Zitiert nach: Michels (Hrsg.), *Leben in Bildern und Texten*, S. 156.
39 Zitiert nach: Unseld, *Werk und Wirkungsgeschichte*, S. 79.
40 Vgl. Michels (Hrsg.), *Materialien Bd. 1*, S. 16.

Kommentare, Briefe, Rezensionen

Die folgenden Auszüge aus Kommentaren, Briefen und Rezensionen zeigen, mit welch großer Begeisterung der Roman seit seiner Veröffentlichung im Jahre 1919 aufgenommen worden ist.

„Seltsame Süße"

„In diesem Buch sind herrliche Sachen und so vieles ausgesprochen, was man in sich gefühlt, so über die ‚Gemeinsamkeit' und über vieles andere. Und das ganze Buch ist in seltsame Süße getaucht, besonders die Kapitel in H. bei ‚Frau Eva'." (Hedwig Fischer, die Ehefrau von Hesses Verleger Samuel Fischer, an Hesse, 24. 6. 1919)[41]

„Bestmögliches Ende"

„Ein gutes Buch muss wie ein richtiges Menschenleben ein Ende haben. Ihr Buch hat ein bestmögliches Ende, nämlich da, wo Alles Vorausgegangene auch wirklich ein Ende hat, und wo Alles das wiederum beginnt, womit das Buch begonnen hat, nämlich mit der Geburt und dem Aufwachen des Neuen Menschen." (C. G. Jung an Hesse, 3. 12. 1919)[42]

Hesse schrieb, um lebendig zu sein

„*Pädagogisch, psychologisch, politisch, moralisch, religiös* – in fünf Bereichen mindestens hat er [Hermann Hesse], der Bücher nur schrieb, um lebendig zu sein, und Bücher nur rezensierte, wie man Kranken Medikamente empfiehlt, in den Auseinandersetzungen seines Lebens etwas Exemplarisches durchlitten und erstritten, das unwiderleglich und kostbar ist: das Recht und die Rechtfertigung, ein Individuum zu sein." (Eugen Drewermann, 1995)[43]

---

41 Zitiert nach: Ebd., S. 140.
42 Zitiert nach: Ebd., S. 157.
43 Drewermann, S. 10.

„Mir hat dieses Buch viel Kraft und Mut gegeben. Ich las es das erste Mal in der Schule und war sofort berührt und mitgerissen. Auf eine gewisse Weise hat es mir Dinge erklärt oder fühlbar gemacht, die vorher nicht zu begreifen waren und vor allem: Es hat mir gezeigt, dass alles richtig ist, wie es ist. Es wurde mir klar, wieso manche Menschen anders auf mich reagieren als andere, wieso Verbundenheit zwischen Fremden bestehen kann und welche Kraft wir in uns haben, wenn wir daraus schöpfen können. Mir gibt dieses Buch heute noch Kraft – 10 Jahre nach dem ersten Lesen, und mein Glaube an Schicksal und Welt stehen weiterhin fest. Gerade starke Außenseiter mit einem hohen Hang zum Individualismus werden sich darin wiederfinden und daraus schöpfen können. Wir erkennen einander.“ (anonyme Kundenrezension bei *Amazon*, 21. 10. 2002)[44]

Buch gibt Kraft und Mut

„Dieses Buch ist eines der spannendsten Bücher, die ich je gelesen habe. Es zieht einen von Anfang an in seinen magischen Bann, und man weiß tatsächlich nicht, ob es nun Realität oder Fiktion ist. Bestärkt wird dieser Zwiespalt dadurch, dass Sinclair selber der Autor seiner eigenen Geschichte ist und somit alle Aufzeichnung lediglich seinen Erinnerungen entspringen, die nicht immer ganz vollständig zu sein scheinen.
Wieder schafft es Hermann Hesse, wie in dem Buch *Siddharta*, eine Geschichte von einem werdenden Mann zu erzählen, der auf der Suche zu sich selber ist und der diesen Weg entfernt von allen Lehren selber finden muss, um schließlich nach allen Leiden wieder zurückzukehren.

Geschichte von der Suche nach sich selbst

---

44 http://www.amazon.de/Demian-Geschichte-Emil-Sinclairs-Jugend/dp/3518455184 [Stand: Sept. 2011].

Es ist eine ständige Werdensgeschichte, deren Ende nie geschrieben werden kann.
Also echt, lest es. Ist wahnsinnig empfehlenswert.“ (anonymer Leser in einem Literatur-Blog, 16. 6. 2006)[45]

45 http://www.onezblog.de/item/2006/06/hermann-hesse-demian/ [Stand: Sept. 2011].

5. MATERIALIEN

‚Kampf um die werdende Persönlichkeit' – An eine junge *Demian*-Leserin

Der folgende Ausschnitt aus einem Brief Hesses an eine junge Leserin aus dem Jahr 1929 verdeutlicht die Thematik des Werkes und seine damalige Aktualität. Er zeigt, wie sehr der Autor durch psychologische Kenntnisse und Einfühlungsvermögen die Jugend seiner Zeit mit *Demian* ansprechen konnte: Der Kampf um die Individualisierung bringe den Jugendlichen mit dem Bürgerlichen in Konflikt. Ein solcher Konflikt mit den bestehenden Normen einer Gesellschaft, die Konformität zu erzielen versuchen, sei notwendig für die Entstehung der Persönlichkeit.

Hesse spricht mit *Demian* Jugend seiner Zeit an

„Der *Demian* handelt von einer ganz bestimmten Aufgabe und Not der Jugend, welche freilich mit der Jugend nicht aufhört, aber doch sie am meisten angeht. Es ist der Kampf um die Individualisierung, um das Entstehen einer Persönlichkeit.

Individualisierung und Persönlichkeit

Nicht jedem Menschen ist es gegeben, eine Persönlichkeit zu werden, die meisten bleiben Exemplare, und kennen die Nöte der Individualisierung gar nicht. Wer sie aber kennt und erlebt, der erfährt auch unfehlbar, daß diese Kämpfe ihn mit dem Durchschnitt, dem normalen Leben, dem Hergebrachten und Bürgerlichen in Konflikt bringen. Aus den zwei entgegengesetzten Kräften, dem Drang nach einem persönlichen Leben und der Forderung der Umwelt nach Anpassung, entsteht die Persönlichkeit. Keine entsteht ohne revolutionäre Erlebnisse, aber der Grad ist natürlich bei allen Menschen verschieden (...) Der *Demian* zeigt gerade jene Seite im Kampf um die werdende Persönlichkeit, die den Erziehern die unbequemste ist. Der werdende junge Mensch, wenn er den Drang zu starker Individualisierung hat, wenn er vom Durchschnitts- und Allerweltstyp stark abweicht, kommt notwendig in Lagen, die den Anschein des Verrückten haben. (...) Es gilt nun nicht, seine ‚Verrücktheiten' der Welt aufzuzwingen und die Welt zu revolutionieren, sondern es gilt, sich für die Ideale und Träume der eigenen Seele gegen die Welt soviel zu wehren, daß sie nicht verdorren. (...) Es besteht überall das Streben, die Menschen gleichförmig zu machen und ihr Persönliches möglichst zu beschneiden. Dagegen wehrt sich unsre Seele mit Recht, daraus entstehen die Demianerlebnisse. – Sie nehmen für jeden andre Formen an, ihr Sinn aber ist immer derselbe. Wem es ernst ist, der überwindet sie, und wenn er stark ist, wird er aus einem Sinclair ein Demian."[46]

Sich seine Ideale und Träume bewahren

Tiefenpsychologische Auslegung von *Jakobs Kampf* im *Demian*

Während Sinclairs entscheidender Entwicklungsphase gegen Ende seiner Schulzeit ist ihm Pistorius ein wichtiger Führer und Lehrer, der ihm seine Träume zu deuten hilft und ihm damit zur Selbsterkenntnis verhilft. Nicht nur sind die Gespräche zwischen Sinclair und Pistorius den psychotherapeutischen Sitzungen Hesses bei seinem Arzt J. B. Lang nachempfunden, auch die gewählte Symbolik stammt aus dem Repertoire tiefenpsychologischer Deutungen, wie insbesondere in der Titelgebung des sechsten Kapitels mit *Jakobs Kampf* zum Ausdruck kommt. Den Höhepunkt bildet hier Sinclairs Kampf mit dem Geist. Am Ende erkennt Sinclair, dass dieser Geist sein eigenes Schicksal ist (vgl. S. 111 f.) – nichts anderes symbolisiert nach C. G. Jung der Kampf Jakobs mit dem Engel. Der folgende Auszug aus einer solchen tiefenpsychologischen Analyse

---

46 Zitiert nach: Unseld, *Werk und Wirkungsgeschichte*, S. 70.

von Jakobs Kampf soll die Sichtweise psychoanalytischer Deutungen genauer darlegen:

„(...) der Psychoanalytiker Erikson[47] [nimmt] die Geschichte vom Jakobskampf auf und liest sie zusammen mit der Krankheits- und Gesundungsgeschichte jedes Einzelnen: der Kampf mit der Neurose als einzig möglicher Durchgang zur wahren An-Erkenntnis seiner selbst und zum heilenden Umgang mit sich und dem Anderen. Der Andere neben mir ist immer auch der Andere in mir. (...) Der Lichtseite, in der ich mir und anderen gefalle, entsprechen Schattenseiten, aufgrund derer ich mir und anderen fremd, ablehnenswert und unheimlich sein kann. Dem, was mir bewusst und vertraut ist, kommt immer wieder anderes in die Quere, was ich nicht will und doch tue. Es ist nicht nur anderes, es bin ich selbst als Anderer: Der Andere in mir als Inbegriff ungelebter Möglichkeiten, heimlicher und verdrängter Wünsche und Ängste, unheimlicher Triebdynamik und abgründiger Träume. (...) Neurosen entstehen bekanntlich dann, wenn Menschen sich mit ihrem unbekannten Anderen, mit ihrem Schatten nicht befreunden können, sondern ihn verdrängen und sich vor ihm auf die Flucht begeben. Sie scheuen die – durchaus schwierige und angstbesetzte – Auseinandersetzung und gehen lieber den Weg des geringsten Widerstandes. (...) Die eigene Existenz wird als so widersprüchlich und ausweglos erlebt, dass man nur durchzukommen glaubt, wenn man ganze Lebensbereiche – und meist die unangenehmen – ausklammert und im Keller des eigenen Lebensgebäudes vor anderen und vor sich selbst versteckt hält. So gefährlich ist der Andere in uns. Gesundungsprozesse kommen erst in dem Maße in Gang, in dem wir uns der Begegnung und dem Kampf mit dem ungeliebten

Licht- und Schattenseiten

„Der Andere in mir als Inbegriff ungelebter Möglichkeiten"

---

47 Erik H. Erikson (1902–1994), Neofreudianer und Vertreter der amerikanischen Ich-Psychologie.

brüderlichen Doppelgänger stellen und die dadurch entstehenden Widersprüche und Spannungen aushalten und versöhnen lernen. (...) Erst im Kampf mit dem dunklen Schatten kann sich zeigen, dass dieser gar nicht nur der gefährliche Feind ist, sondern möglicherweise ‚der Engel des Herrn' und unsere ‚bessere Hälfte'. So schlägt Erikson vor, die Geschichte vom Jakobskampf als Kurzgeschichte der eigenen Ganzwerdung zu lesen und diese zu begreifen als Leidens- und Segensgeschichte zugleich."[48]

„Kurzgeschichte der eigenen Ganzwerdung"

Hesses widersprüchliche Haltung zum Ersten Weltkrieg

Für sein öffentliches Eintreten für Völkerverständigung und Pazifismus wurde Hesse 1914 als Vaterlandsverräter beschimpft. Anders als seine Figuren Sinclair und Demian, meldete sich Hesse nicht zum Kriegsdienst, sondern engagierte sich in der neutral bleibenden Schweiz für die Kriegsgefangenenfürsorge. Diesen Fakten zum Trotz, gibt es auch Äußerungen des Autors, die zeigen, dass er 1914 den Krieg durchaus begrüßte: nicht aus nationalistischen Gründen, sondern als notwendiger Akt der Zerstörung, um einer überlebten Gesellschaft zu einer Neugeburt zu verhelfen. Sein Brief vom 26.12.1914 an Volkmar Andreä zeigt zugleich, dass die Sympathien des Nietzsche-Lesers Hesse ganz der Vorstellung einer geistigen Elite gehörten und nicht den so genannten ‚Herdenmenschen'. Sein aus heutiger Sicht törichter Glaube, der ‚Herdenmensch' werde mit der Sehnsucht nach einem besseren Leben aus dem Krieg heimkehren, kommentierte der Essayist Peter de Mendelssohn treffend:

Notwendige Zerstörung für anschließende Neugeburt

48 Zitiert nach: Fuchs, S. 390 f.

„Dass den verachteten Herdenmenschen ihr ‚normales Leben' noch immer lieber sein könne als gar kein Leben, dass sie aus den Schlachten überhaupt nicht heimkommen, sondern in ihnen nicht zu Tausenden, sondern zu Hunderttausenden zugrunde gehen könnten – dieser Gedanke taucht überhaupt nicht auf. Dieser Brief wurde nach der Marneschlacht geschrieben; vorher, als man noch mit einem kurzen, wenig verlustreichen Krieg von ein paar Wochen rechnete, wäre er nicht erbaulicher, aber doch begreiflicher gewesen."[49]

„Die moralischen Werte des Krieges schätze ich im ganzen sehr hoch ein. Aus dem blöden Kapitalistenfrieden herausgerissen zu werden tat vielen gut, grade auch Deutschland, und für einen echten Künstler, scheint mir, wird ein Volk von Männern wertvoller, das dem Tod gegenübergestanden hat und die Unmittelbarkeit und Frische des Lagerlebens kennt. (...) Das gefällt mir eigentlich an diesem phantastischen Krieg, daß er gar keinen ‚Sinn' zu haben scheint, daß es nicht um irgendeine Wurst geht, sondern daß er die Erschütterung ist, von der ein Wechsel der Atmosphäre begleitet wird. Da unsre Atmosphäre einigermaßen faul war, kann der Wechsel immerhin Gutes bringen. (...) Viel lieber als der Krieg ist mir das normale Leben der Herdenmenschen auch nicht, und viele von ihnen merken das jetzt auch und kommen aus den Schlachten heim mit der Sehnsucht, vernünftiger, schöner, besser zu leben als vorher. Wenn das so ist, dann bringt der Krieg am Ende auch Gutes."[50]

---

49 Zitiert nach: Esselborn-Krumbiegel (Hrsg.), *Erläuterungen und Dokumente*, S. 68.
50 Zitiert nach: Ebd., S. 77 f.

6. PRÜFUNGSAUFGABEN MIT MUSTERLÖSUNGEN

Unter www.königserläuterungen.de/download finden Sie im Internet zwei weitere Aufgaben mit Musterlösungen.

Die Zahl der Sternchen bezeichnet das Anforderungsniveau der jeweiligen Aufgabe.

Aufgabe 1 ***

Analysieren Sie die Textgrundlage im Hinblick auf die thematische Konzeption des Individuationsprozesses und berücksichtigen Sie dabei die Funktion der Leitmotivik. Textgrundlage: Auszüge aus dem 6. Kapitel *Jakobs Kampf* (z. B. S. 105–112)

Mögliche Lösung in knapper Fassung:

Sinclair kämpft mit dem Geist

In der vorliegenden Textgrundlage aus dem sechsten Kapitel ist die Kapitelüberschrift programmatisch: Sinclair kämpft – wie der biblische Jakob (vgl. 1. Mose 32, 25) – mit dem Geist (S. 111 f.) und erkennt zuletzt, dass dieser sein eigenes Schicksal ist. Als Jugendlicher kämpft er gegen die Konformität der bürgerlichen Gesellschaft und deren Normen um seine eigene Individualität, ein im Sinne des Programms der „Ich-Findung" für das Entstehen der Persönlichkeit notwendiger Konflikt. Sinclair entdeckt an bzw. in sich selbst Neigungen und Ansichten, die den von ihm als rechtens erfahrenen entgegenstehen (Leitmotiv der Dualität) und somit kämpft er dagegen an. Ziel seiner Individuation ist es jedoch zu erkennen, dass auch diese Seite zur Einheit der Persönlichkeit gehört, wobei gerade der Mensch in seiner Gesamtheit Ziel der Persönlichkeitsbildung ist. Als Hilfestellung zum Verständnis dieses Prozesses dient für Sinclair u. a. der Begriff ‚Abraxas', der hier stellvertretend für die Selbsterfahrung durch die Gotteserfahrung (des anderen Ichs) steht. Im leitmotivischen Kampf mit dem dunklen Schatten stellt sich heraus, dass dieser eigentlich die „bessere Hälfte" ist. Hierfür steht auch das Bild der fremden Frau (Frau Eva), ein Symbol für heimliche und verdrängte Wünsche und Ängste und für die verborgenen weiblichen Seelenanteile. Eine erfolgreiche Individuation Sinclairs deutet sich zuletzt an (S. 112).

Selbsterfahrung durch Gotteserfahrung

Aufgabe 2 **

Analysieren Sie das Vorwort hinsichtlich seiner programmatischen Funktion für die Konzeption der suggerierten Autobiografie und setzen Sie es in Bezug zu kompositorischen Aspekten des Romans.
Textgrundlage: Vorwort

Mögliche Lösung in knapper Fassung:

Das Vorwort ist fiktiv, es dient dazu, die gewählte Erzählform der Autobiografie zu begründen. Indem der Erzähler Emil Sinclair programmatisch nur von sich und seinem Lebensweg sprechen will, betont er die Authentizität der folgenden Geschichte und grenzt sie von ‚erfundenen' Dichtungen ab. Das im Vorwort vorangestellte Programm der „Ich-Findung" entspringt auch der zeitgeschichtlichen Kriegserfahrung, die das allgemeine Gefühl der Bedeutungslosigkeit des Individuums mit sich brachte. Die Wichtigkeit jedes Einzelnen wird dabei vom Erzähler sozial-anthropologisch begründet, wenn es heißt: „Und allen sind die Herkünfte gemeinsam, die Mütter, wir alle kommen aus demselben Schlunde (…)" (S. 8).

Vorwort ist fiktiv

Betont die Authentizität der folgenden Geschichte

Der Einzelne erlangt seine Bedeutung durch die Einmaligkeit, mit der er eine der möglichen Erscheinungsweisen der Welt durch sich realisiert (S. 7). Am Beispiel Sinclairs soll demnach gelernt werden, wie man seine Bestimmung erkennt und wie man sie trotz Hindernisse erfüllt. Autobiografie bedeutet im *Demian* also nicht Abbildung der Realität, sondern Aufzeigen möglicher Wege zur Erkenntnis seiner individuellen Bestimmung. Das konkrete historische Beispiel eines Einzelnen, der das Programm der Individuation durch die „Besinnung auf sich selbst" in seinem wirklichen Leben erfahren und vollzogen hat, soll dessen Wahrhaftigkeit bezeugen. In dieser Funktion steht auch die Romanstruktur, im Rahmen derer der Individuationsweg durch den parallelen Blick auf den äußeren Handlungsweg und den ‚inneren' Weg der seelischen Entwicklung Sinclairs abgebildet wird.

Autobiografie ≠ Abbildung der Realität
Autobiografie = Aufzeigen möglicher Wege

Aufgabe 3 **

Charakterisieren Sie die Figur Demians und untersuchen Sie ihre Bedeutung für die Entwicklung des Protagonisten. Ziehen Sie hierzu vergleichend den Auszug aus Hesses Brief an eine junge *Demian*-Leserin heran.
Textgrundlage: Verweise des Prüflings, Auszug aus Hesses Brief an eine junge *Demian*-Leserin (vgl. Kap. 5)

Mögliche Lösung in knapper Fassung:

Max Demian ist im Gegensatz zu seinen Altersgenossen ungewöhnlich reif und individualisiert, was von Beginn an während der Schulzeit eine gewisse Anziehungskraft auf Sinclair ausstrahlt. Demian allerdings ist es, der auf Sinclair zugeht und diesen auf einem Teil seines Lebensweges begleitet (vgl. S. 28).

Demian – reif und individualisiert

Demian taucht auf, wenn Sinclair vor unüberwindlichen Schwierigkeiten steht (Kromer S. 42, Wirtshauszeit S. 81 f., einsame Studienzeit S. 125, Kriegsverletzung, S. 154); er hilft ihm als *Alter Ego* und wird damit Parallel- und Kontrastfigur zu ihm. Anders als Sinclair ist er jedoch ein ganzheitliches Individuum, das seine unbewussten Seelenaspekte in sein Bewusstsein integriert hat (vgl. S. 50). Somit ist er Vorbild und Ziel von Sinclairs Individuation und als Sinclair sich zunehmend selbst entdeckt, taucht er weniger auf, bis er ganz verschwindet – ein Zeichen dafür, dass Sinclair ihn in der Realität nicht mehr braucht, da er in Demian sein Urbild gefunden hat. Diese *Demianerlebnisse*, d. h. es zu schaffen, seine Ideale gegen eine sich diesen entgegenstellende Gesellschaft auszuleben, sind für Hesse (siehe Leserbrief) die entscheidenden Schritte auf dem Weg zu sich selbst.

Demian – Vorbild und Ziel von Sinclairs Individuation

Aufgabe 4 *

Max Demians freiwillige Meldung für den Kriegseinsatz – Widerspruch oder logische Konsequenz? Diskutieren Sie die Implikationen von Demians Entschluss unter Rückbezug auf die Figurenkonzeption und -konstellation.
Textgrundlage: freie Verweise des Prüflings

Mögliche Lösung in knapper Fassung:
Anbindung der Stellungnahme an Hintergrundwissen und Text; Hinweis auf Demians Funktion als Sinclairs *Alter Ego* und auf seine Zugehörigkeit zu dem Kreis der Sehenden (Kainszeichen), der bereit ist, seinem Schicksal (dem drohenden Krieg) entgegenzutreten, um nach Kriegsende auf den Gang der Menschheit einzuwirken (vgl. S. 138). Umsetzung der formalen Kriterien einer schriftlichen Beurteilung (Stellungnahme).

LITERATUR

Zitierte Ausgabe:

Hesse, Hermann: *Demian. Die Geschichte von Emil Sinclairs Jugend.* Frankfurt am Main: Suhrkamp, 2007 (suhrkamp taschenbuch, 3852)

Primärliteratur:

Hesse, Hermann: *Demian. Die Geschichte von Emil Sinclairs Jugend.* Mit einem Kommentar von Heribert Kuhn. Frankfurt am Main: Suhrkamp, 2000 (Suhrkamp Basis Bibliothek, 16) → Text und Kommentar.

Hesse, Hermann: *Gesammelte Werke in zwölf Bänden*. Frankfurt am Main: Suhrkamp, 1987 (suhrkamp taschenbuch, 1600. *Demian* in Bd. 5, S. 5–163)

Hesse, Hermann: Mann, Thomas: *Briefwechsel.* Hrsg. v. Anni Carlsson und Volker Michels. Frankfurt am Main: Fischer-Taschenbuch-Verlag, 2003

Hesse, Hermann: *„Die dunkle und wilde Seite der Seele". Briefwechsel mit seinem Psychoanalytiker Josef Bernhard Lang 1916–1944.* Hrsg. v. Thomas Feitknecht. Frankfurt am Main: Suhrkamp, 2006

Sekundärliteratur

Zu *Demian*:

Dahrendorf, Malte: *Hermann Hesses Demian und C. G. Jung.* In: Germanisch-Romanische Monatsschrift, Neue Folge, Heft 8, 1958, S. 81–97

Esselborn-Krumbiegel, Helga: *Demian. Die Geschichte von Emil Sinclairs Jugend.* In: Hermann Hesse. Interpretationen. Romane. Stuttgart: Reclam, 1994 (Universal-Bibliothek Nr. 8812), S. 29–51 → Diese Analyse bietet einen guten Einstieg in das Verständnis des Romans.

Esselborn-Krumbiegel, Helga: *Hermann Hesse: Demian. Unterm Rad.* München: Oldenbourg, 2., überarb. u. korr. Aufl. 2003 (Oldenbourg-Interpretationen, Band 39) → Dieser Interpretationsband gibt einen Überblick der didaktischen Gestaltungsmöglichkeiten einer Unterrichtsreihe zu *Demian*.

Esselborn-Krumbiegel, Helga (Hrsg.): *Demian. Die Geschichte von Emil Sinclairs Jugend.* Stuttgart: Reclam, durchges., in Kap. IV erg. u. bibl. akt. Ausg. 2005 (Erläuterungen und Dokumente. Universalbibliothek Nr. 8190) [zitiert als: Erläuterungen und Dokumente]

Field, George Wallis: *Hermann Hesse. Kommentar zu sämtlichen Werken.* Stuttgart: Akademischer Verlag Hans-Dieter-Heinz, 1977 → Zu *Demian*: S. 85–92.

Jahnke, Walter: *Hermann Hesse: Demian. Ein er-lesener Roman.* Paderborn u. a.: Schöningh, 1984

Karlstetter, Klaus: *Das Bild des Jugendlichen in der deutschsprachigen Erzählliteratur der Zeit zwischen dem Ersten Weltkrieg (1918) und der Diktatur (1933). Studien zu H. Hesses ‚Demian', J. Wassermanns ‚Christian Wahnschaffe', F. Werfels ‚Nicht der Mörder, der Ermordete ist schuldig', J. Roths ‚Zipper und sein Vater', ‚Rechts und links', ‚Radetzkymarsch' u. H. Brochs ‚1888, Pasenow oder die Romantik'.* Uppsala: Almqvist och Wiksell, 1980. → Zu *Demian*: S. 24–50.

Kirk, Irina: *Hermann Hesses „Demian". Paradise Lost and regained.* In: Manfred Durzak; Eberhard Reichmann; Ulrich Weisstein (Hrsg.): Texte und Kontexte. Studien zur deutschen und vergleichenden Literaturwissenschaft. Festschrift für Norbert Fürst. Bern, München: Francke, 1973, S. 103–114

Michels, Volker (Hrsg.): *Materialien zu Hermann Hesses „Demian".* 2 Bände. Bd. 1: Die Entstehungsgeschichte in Selbstzeugnissen und Dokumenten. Bd. 2: Die Wirkungsgeschichte in Rezensionen und Aufsätzen. Frankfurt am Main: Suhrkamp, 1993–1997

Neis, Edgar: *Erläuterungen zu Hermann Hesse: „Demian", „Siddhartha", „Der Steppenwolf".* Hollfeld: C. Bange, 2. überarb. Aufl. 1995

Neuer, Johanna: *Jungian Archetypes in Hermann Hesse's „Demian".* In: The Germanic Review 57/1982, S. 9–15

Pfeifer, Martin: *Hesse-Kommentar zu sämtlichen Werken.* Frankfurt am Main: Suhrkamp, 1990 (suhrkamp taschenbuch, 1740).
→ Zu *Demian*: S. 162–172.

Ziolkowski, Theodore: *Der Schriftsteller Hermann Hesse. Wertung und Neubewertung.* Frankfurt am Main: Suhrkamp, 1979
→ Die Suche nach dem Gral im *Demian*: S. 61–88.

Zu Hermann Hesse:

Arnold, Heinz Ludwig (Hrsg.): *Hermann Hesse.* München: Text + Kritik, 2. erweiterte Aufl. 1983 (Text und Kritik. Zeitschrift für Literatur, Heft 10/11)

Ball, Hugo: *Hermann Hesse. Sein Leben und sein Werk.* Hrsg. v. Volker Michels. Göttingen: Wallstein, 2006

Bran, Friedrich; Pfeifer, Martin (Hrsg.): *Begegnungen mit Hermann Hesse. 3. Internationales Hermann-Hesse-Kolloquium in Calw 1984.* Bad Liebenzell: Bernhard Gengenbach, 1984

Drewermann, Eugen: *Das Individuelle gegen das Normierte verteidigen. Zwei Aufsätze zu Hermann Hesse.* Mit einem Nachwort von Volker Michels. Frankfurt am Main: Suhrkamp, 1995

Esselborn-Krumbiegel, Helga: *Hermann Hesse*. Stuttgart: Reclam, 1996 (Literaturwissen für Schule und Studium, Universalbibliothek Nr.15208) → Zu *Demian:* S. 48–60.

Freedman, Ralph: *Hermann Hesse. Autor der Krisis. Eine Biographie.* Frankfurt am Main: Suhrkamp, 2002

Hilbert, Matthias: *Hermann Hesse und sein Elternhaus – Zwischen Rebellion und Liebe. Eine biographische Spurensuche.* Stuttgart: Calwer Verlag, 2005

Limberg, Michael (Hrsg.): *Hermann Hesse und die Psychoanalyse: „Kunst als Therapie".* 9. Internationales Hermann-Hesse-Kolloquium in Calw 1997. Bad Liebenzell: Gengenbach, 1997

Limberg, Michael (Hrsg.): *Zwischen Eigen-Sinn und Anpassung. Außenseitertum im Leben und Werk von Hermann Hesse. Berichte und Referate.* 10. Internationales Hermann-Hesse-Kolloquium in Calw 1999. Bad Liebenzell, Calw: Gengenbach, 1999

Michels, Volker (Hrsg.): *Hermann Hesse. Sein Leben in Bildern und Texten.* Frankfurt am Main: Insel, 2004

Michels, Volker (Hrsg.): *Hermann Hesse in Augenzeugenberichten.* Frankfurt am Main: Suhrkamp, 1991 (suhrkamp taschenbuch, 1865)

Prinz, Alois: *„Und jedem Anfang wohnt ein Zauber inne". Die Lebensgeschichte des Hermann Hesse.* Weinheim: Beltz & Gelberg, 2000 → Biografie, die speziell für ein jugendliches Publikum geschrieben wurde.

Rothfuss, Uli: *Hermann Hesse privat. In Texten, Bildern und Dokumenten.* Berlin: Ed. Q, 2. erg. Aufl. 1997

Schnierle-Lutz, Herbert: *Hermann Hesse – Schauplätze seines Lebens. (Spurensuche in Calw, Maulbronn, Tübingen, Basel, Gaienhofen, Bern und Montagnola.* Frankfurt am Main, Leipzig: Insel, 2., akt. Aufl. 2003

Unseld, Siegfried: *Hermann Hesse – Werk und Wirkungsgeschichte.* Frankfurt am Main: Insel, rev. u. erw. Ausgabe 1987
→ Zu *Demian*: S. 66–79.

Werner, Ulrike: *Chronik zu Hermann Hesses Leben und Werk.* In: Heinz-Ludwig Arnold (Hrsg.): Hermann Hesse. München: Text + Kritik, 2. erweiterte Aufl. 1983, S. 116–121

Zeller, Bernhard (Hrsg.): *Hermann Hesse. 1877–1977. Stationen seines Lebens, des Werkes und seiner Wirkung.* Marbach, Gedenkausstellung im Schiller-Nationalmuseum. Katalog Nr. 28. Marbach: Deutsche Schillergesellschaft, 1977

Zeller, Bernhard: *Hermann Hesse.* Reinbek bei Hamburg: Rowohlt, Neuausg. 2005 (Rowohlts Monographien, 50676)

Sonstige Literatur:

Fuchs, Gotthard: *Angeschlagen und ausgezeichnet. Zur Aktualität der Geschichte vom Jakobskampf (Gen 32,23-33).* In: Katechetische Blätter, 103. Jg., 1978, H. 5, S. 385–394

Jacobi, Jolande: *Die Psychologie von C. G. Jung. Eine Einführung in das Gesamtwerk. Mit einem Geleitwort von C. G. Jung.* Frankfurt am Main: S. Fischer, 20. Aufl. 2003

Matzkowski, Bernd: *Wie interpretiere ich? Grundlagen der Analyse und Interpretation einzelner Textsorten und Gattungen mit Analyseraster.* Hollfeld: C. Bange, 5. Aufl. 2008
→ Diese Ausgabe der Bange-Lernhilfen bietet dem Schüler die Möglichkeit, sich für das Fach Deutsch ein grundlegendes Analyseinstrumentarium anzueignen.

Oesterreicher-Mollwo, Marianne (Bearb.): *Herder Lexikon Symbole mit über 1000 Stichwörtern sowie 450 Abbildungen.* Freiburg, Basel, Wien: Herder, 9. Aufl. 2003

Internet-Adressen:

(Stand: Sept. 2011)

http://www.hermann-hesse.de
→ Hermann-Hesse-Portal

http://www.hermann-hesse.com
→ Hesse-Portal von der Buchhandlung Fuchs in Calw

http://www.hhesse.de/start.php
→ Das Hermann-Hesse-Portal der Morgenlandfahrer

http://www.gss.ucsb.edu/projects/hesse/
→ Deutsch-englisches Hesse-Forum

http://www.luise-berlin.de/Lesezei/Blz00_12/text07.htm
→ Essay über *Demian* von Eberhard Fromm

http://gutenberg.spiegel.de/buch/4679/1
→ Die erste, noch zu Lebzeiten des Dichters erschienene Hesse-Biografie (1927) von seinem Freund Hugo Ball mit einem Kapitel über *Demian*.

Demian – Hörbuch:

Hesse, Hermann: *Demian.*
Gelesen von Ulrich Noethen. [5 Audio-CDs]
München: DHV Der HörVerlag, 2008.

Filme über Hermann Hesse:

Hermann Hesse. Ein Lebensbild. 1965.
Regie: Franz Baumer. Produktion: Bayerischer Rundfunk.

Hermann Hesse – Heiliger der Hippies. 1972.
Ein Film von Franz Baumer und Jochen Richter.
Produktion: Bayerischer Rundfunk.

STICHWORTVERZEICHNIS